精神分裂者の逆襲

My little terror
マイ リトル テロル

講談社エディトリアル

目次

装幀／KEISHODO GRAPHICS
（竹内淳子）

精神分裂者の逆襲

プロローグ

　ただ独り、安普請のアパートの一室で精神の異常に見舞われた彼は、なぜ、自分はこんな状態に陥ってしまったのだろうか、と疑問を感じた。一体いつから、僕はこんな風になってしまったのだろう。一体いつから、僕は常に得体の知れない不安を抱え、疲れた心は癒やされる事もなく、その心を反映するかのように重い身体を引き摺りながら、回復の兆しも見えぬまま、人と触れ合う事にさえ恐怖を覚え、安堵という心境とは程遠い、孤独で荒んだ日々を送っているのだろう。

　その昔、確かにあったはずだ。意識する事なく自分は正常だったと思える日々が。不安に恐れを抱く事もなく、当たり前のように人と接し、屈託なく笑えた過去が。その状態を正常と呼ぶなら、今の僕は間違いなく異常だ。

　一体いつから、どのようにして僕はこんな状態に陥ってしまったのだろうか。

　鍵を握るのは、過去、そして、現在に至るまでの、その過程だ。そう思った彼は、苦しむ己の精神と戦いながら、何かに取り憑かれたように、自らの過去と対峙していく。自分に起きた事の全てを、自分の心の変化の全てを、その変化の原因の全てを分析しながら、自らの心の闇に入り込んでいた。

人として生まれ、家族に属し、組織に属し、地域に属し、社会へ出ても、僕は何も変わらない。この有様だ。親と接し、大人と接し、友と接し、異性と接し、見知らぬ人々との関わり合いの中で、僕は人として、まったく機能していない。成長できていない。なぜ、こんな事が起こり得るのだろうか。僕がこの社会で、一体何の役に立っているというのか。何に機能しているというのか。本当の意味で僕を必要としてくれる人間が、この世の中に何人いるだろう。皆無だ。僕の存在価値は一体どこにあるというのか。生きる事の意味は、一体どこにあるのだろう。この世は人が支配している。そんな世の中で、僕は一体何に支配されているのだろうか。僕のような人間が、この世の中には一体何人いるのだろう。僕のような人間が成長する為には、機能する為には、一体何が必要なのだろう。そんな考えを巡らせながら、自らの世界に没頭していた。

そしてやがてその考えが、外の世界へと投影される。

この世は人に支配されている。家族だろうが、組織だろうが、地域だろうが、社会だろうが、国だろうが、世界だろうが、全てのコミュニティは人で構成されている。だとしたら、もし、その構成員である人々が、全員成長したならば、一体どうなるだろう。親や、大人や、友や、異性や、見知らぬ人々との関わり合いの中で、その誰もが成長できたなら、一体世の中はどう変わってゆくだろう。

嫌でも、世界中が成長する事になる。

その誰もが、それぞれの立場において、人間的、能力的に成長し、仕事をこなし、役割をこなし、任務をこなし、経済的な面だけではなく、心まで、あらゆる面で豊かになれたとしたら、一体どうなるだろう。

例えば、イジメという問題がある。イジメには当然イジメる側の人間とイジメられる側の人間がいる。でもこの問題はその両者だけの問題ではない。そのイジメを傍観する人、無関係を装う人、同情しながらも何もできない人、面白がって囃し立てる人もいる。

相手の気持ちを一切考えない人間、当事者意識が欠落している人間、勇気がなくて立ち向かえない人間、人の気持ちを汲み取る想像力のない人間、そこには色んな人間が介在する。そしてそこには、あらゆる成長の余地がある。そこに関わる全ての人間が、相手の気持ちを考え、想像し、勇気を振り絞り、当事者意識を持って事に当たれば、その問題は、解決に向かう。

人が成長するっていうのはそういう事だ。これはイジメの問題だけに言える事ではない。あらゆる問題が、人々の人間的成長、能力的成長によって解決に向かう事を示している。

あらゆる人間が成長する。それは一体どういう事だろう。人間的に、能力的に、精神的に、社会的に、経済的に、この世の中の誰もが自立し、成長していく。もしそうなったなら、世の中は一体どう変わってゆくだろう。

イジメ、虐待、自殺、犯罪、紛争、原爆、戦争、テロ。

あらゆる問題を、あらゆる人間が成長する事で解決し、治めていく。もしそれが可能となれば、世界に平和が訪れる事も夢ではない。

でも、人はどうすれば成長できるのだろう。どうやって、人は成長していくのだろう。誰にだって成長の余地はあるはずだ。完璧な人間なんていないのだから。でも、どのようにして人は成長できるのだろうか。人の気持ちが分からない人間が多過ぎる。人の痛みが分からない人間が多過ぎる。何も産み出さない、未熟で不毛な人間が多過ぎる。僕が、そうだ。こんな僕でも、成長できるのだろうか。成長の余地はあるのだろうか。いや、こんな僕だからこそ、成長する余地はいくらでもあるような気がする。

彼は自らの内面の世界と現実の世界とを重ね合わせた。自らの経験と、その可能性。全人類の経験と、その、ポテンシャル。苦悩の中で、頭が一瞬凍り付いたかのような錯覚を起こした瞬間描かれた世界の図式、関わる全てのメカニズム、観得た！　世界平和への道。

こりゃあいいや！　と悦に入り、自己満足。思い立ったが吉日。さっそく実践に移してみたくなった彼は、喰い繋ぐ為だけに勤めていた、今ある仕事を直ちに投げ出し、思い切ってベンチャー企業に就職したのである。二十六歳の冬だった。

成長する事の喜びを味わいたい、成長する事の素晴らしさを伝えたい、成長する先の未来を伝えたい、生きるという事がどういう事なのか、その全てを伝えたい、その一心で。

世界に平和が訪れるまでの間に、会社を一つ大きく発展させるなんて、案外簡単な事なんじゃねぇか、と舐め腐り、彼が就職した先の名は「W教育通信社」、そして彼の名は「M」。

これはかつて机上の空論で世界平和への道筋を導き出し、その実現の為、そして自身の夢を叶える為に奮闘努力した、ある精神分裂者の思想である。

そこでは誰もが自由意志で行動し、支配もなければ強制もない、病もなければ犯罪もない、戦争も、テロも、暴力も存在しない夢のような精神世界であった。

かつての僕、そして今の俺

かつて僕には夢があった。

まだ、子供と呼ばれていた頃の話だ。

お巡りさん、漫画家、プロのサッカー選手、将棋の棋士、プロボクサー、ギター弾き、それこそ、なりたいもの、やりたい事は腐るほどあった。

しかし……


勉強しろという。お前の為だという。


誰の為に？　何の為に？

疑問の始まりは、そんなところかも知れない。

親の言う事を聞けという。先生の言う事を聞けという。

お前は子供だから、バカだから何も分かっていないのだと。


なぜ？　どうして？

僕には僕の考えがある。

これは、僕の人生だ。

何をやろうが、何をやらなかろうが、僕の自由だ。


親に心配をかけるなという。

親に心配をかけるような事をするなという。


なぜ？

どうして心配かけちゃいけないの？

世の中には、子供の姿が見えないという、ただそれだけの理由で心配してしまう親だっているのだ。

子供がいくつになっても、どうしようもなく心配性な親だっている。

何をやったって、何もしなくたって、心配する親はいるのだ。

そんな人間に、どうやって心配をかけるなというのだ。

やりたい事はたくさんあるのに、なりたいものはたくさんあるのに、心配もかけずに、一体僕に何ができる。

こんな所にいて、一体僕に何ができるというのだ。

僕は戦える。

例えば、僕はリングにだって立てる。

勇猛果敢に襲い来る猛者にだって、立ち向かう事ができるはず。

それを心配するのはあなたの勝手だ。

なのに、僕はその心配に殺される。

その心配に、僕の自由が殺される。

僕の意志が殺される。

その理屈が、僕を殺す。


テレビは子供の教育に悪影響を及ぼすから見てはいけない。

下品になる。暴力的になる。


そんな事を、本気で信じていそうで嫌だった。

子供は第一に、親であるお前の影響を受けるというのに。

思えば僕は、この歳になるまでの間、本当に欲しいもの、望んでいるものなど、一体どれだけのものを与えられてきただろう。

今となっては、あまり記憶に残ってはいない。

でもそれは物質的なものではなく、言葉だったり、感情だったり、理解だったり、もっと大切なものだったような気がする。


いい子だと言われ、頭の良い子だと言われた。

このバカと言われ、××××だと言われた。

いい子であって欲しいのはあなたであって、僕はそんなものにはなりたくない。

僕は××××なんかじゃない。そんなものにはなりたくもない。

それは一体誰の為の言葉？

あなたの安心を満たす為に、僕の自由が殺される。

その心無い言葉の数々に、僕の権利が殺される。

その無責任な理屈に、自分本位な考えに、僕の感情が死んでいく。

心が、殺される。


心配からくる過保護と過干渉、束縛、そしてエゴ、否定・否定・否定……。

僕を安全な場所に囲っておいて、自分の安心を得ようというのか？

僕の言動を支配して、自分の理想を押し付けようというのか？

自分の価値観を押し付けて、僕に何をさせようというんだ？

取り巻く環境の全てに嫌気が差した僕は、いつしか人に何かを期待する事をやめていた。

無気力、無感動、無関心。

傍から見れば、僕はそんな人間になっていたかも知れない。


こんなにあなたを愛しているのに、どうして分かってくれないの？

お前の為を思って言っているのに、どうしてそれが分からないんだ。


まるで質（たち）の悪いストーカーにでも付け狙われているかのような気分だ。


何を言い出すんだろう。この子はどうなってしまったのかしら。

何を言ってるんだ？　こいつはバカだ。××××だ。頭のネジが外れている。


やめろ、これ以上俺に何も言うな。

俺に構うな、俺の事は放っておけ！

俺が嫌がっているのが分からないのか？

俺がこんなに苦しんでいるのが分からないのか？

その理屈、その考え方、その言動の数々に。
どうしたら分かってくれるんだ？
俺が死ねば気づくのか？
お前を殺せば気づくのか？
人でも殺せば気づくのか!?

圧力が僕を支配する。
そいつが僕に迫る。
奴らの思考が、僕を襲う。
来る！
分かるのはいつだって、それだけだ。

重圧。
奴らの理屈が、僕を捕らえる。
負の感情が心に広がる。
黙れ！　殺すぞ！
脳裏に浮かぶそんな言葉とは裏腹に、恐怖が心を支配する。
全てを投げ出し、逃げ出したくなる。

俺は逃げない、逃げてたまるか！
しかし呑まれる。
頭から全身、僕の全てが呑み込まれてゆく。
その重圧の嵐に、為す術もなく。
感情が、邪魔になる。
もう、何も感じたくない。

そんな事をさせる為に、育てているワケじゃない。
誰が喰わせてやってると思ってるんだ。

じゃあ、一体何の為に？
誰の為に？
何かを押し付けられている。
背負わされている。
もがき苦しむ僕がいる。

喰らえ。俺の攻撃！
ミス！

日々、休みもなく繰り出される怒濤のラッシュに、手も足も出ない。
打ちのめされて、立ち竦(すく)んでいるだけの僕がいる。
心が、鈍くなっていく。
僕の心が殺される。

誰かがこちらを見ている事に気づく。
卑屈な目。悲しい目だ。
バカにされ、見下され、虐げられた人間の目。
誰からも受け入れられず、否定され、頭から蔑まれて生きてきた、人間の目だ。

そんな目で、俺を見るな。
俺は奴らとは違う。
俺はお前をバカにしたりしない、俺はお前を否定したりしない。
干渉も、束縛も、お前の嫌がる事など何もしない。

本当か？
奴らとお前と、何が違う？

奴らがお前にしてきた事と、お前がこれまでしてきた事の、一体何が違う？

俺が今までしてきた事？
背筋が凍り付き、真っすぐ見返すことができない。
しかしなんて目をしていやがる。
まるで憎悪だ。
だが、やがて気づく。
あれは俺の目、自分の目である事に。

お前が卑屈になったのは、お前が弱いからだ。
お前は弱者だ。
人生の敗北者だ。
お前には戦えない。
お前のような臆病者に、戦う度胸などはない。
人生からも、世の中からも、逃げ出すのがオチだ。

黙れ！
俺は敗けた覚えはない。

俺の人生は終わっちゃいない。
俺は逃げない。逃げてたまるか！

自身の心に問いかける。
俺は俺の意見を主張しただけ、気持ちを言葉にしただけだ。
そしたら、バカにされた。
否定され、物凄い目で見下されたんだ。
あの目を、エグってやってもいいか？

ダメです。
もう一人の自分が否定する。
わずかに残る、自身の理性が。

俺は蔑まれた。
心を虐げられた。
テメェが何様かと勘違いしていやがる、思い上がったクソどもに。
自分本位な愛を語る、クソみたいな偽善者どもに！
ぶち殺してやりてぇよ！

ダメです。

なぜ？

そんな事をしても、あなたにとって何の得もない。
何の意味もない。

じゃあどうすれば？
俺は奴らに殺される。
俺は既に屍同然だ。

戦うのです。
そう、奴らとは、あなたに関係するその全て。
あなたはもう分かっている。
戦うしかないのです。

どうやって？

無力！　非力！
今にも圧し潰されそうだ。
お前らが正しいと思っている事の、全てを否定してやるよ！！！！！

力を振り絞って心の声を叫ぶ。
遠吠えがこだまする。
全てが自分に跳ね返る。

泣いても無駄、叫んでも無駄、地獄ってのは、そういうものです。

追い込まれてゆく僕がいる。
逃げ場所なんてどこにもない。
戦う術さえ分からない。
袋小路だ。

ラッシュはやまない。
嵐はやまない。
一体、いつまで続くのだろう。

一生、続くのだろうか。
ゾッとした。
絶望感が去来する。
この重圧には、終わりがない。

暗闇。
もはや上も下も分からない。
撃たれ、打ちのめされても、反撃の術すら見つからない。
どんな光も差し込まない。
もんどり打ってのたうち回り、這いつくばって、やがて身動きができなくなる。
気づけば、底辺に転がっていた。
この世の中の底辺に。
そう感じた。
荒い息に胸を上下させ、僕は静かに呟いた。

自由への冒瀆、圧力、強制、偏見、心無い否定の言葉、そしてエゴ、甘え、そこからくる依存、その無責任さが、邪魔だ。

そして微かに残る意識の中で夢を見る。

俺は将来、親になる。家族が欲しい。

その時子供に、

「何でもやれ。何をやろうがお前の自由だ。全ての責任を負う覚悟があるのなら、何をやっても構わない。思う存分、やってやってやりまくれ！」

そう言って、どこへでも送り出してやれるような、タフな親でいてやりたいと思う。

そう。タフでありたい。

親がタフでなければ、子供は強くなれない。

そう思った。


知らずに人を傷つけてきた。

罪を犯して生きてきた。

無知ゆえに。未熟さゆえに。弱さゆえに。

これからも、繰り返すかもしれない。

その時は、ごめんなさい。


目を閉じた僕は、そのまま意識を失った。

燃え上がる闘志を胸に秘め、人知れず覚悟を決めながら。

お前らの抱く価値観なんぞ、根こそぎ覆してやるからな。

生きるぞ。

人間不信、精神異常、社会不適合、孤独。
そして、最弱。
それが、今の俺だ。

M・オープニングの詩

「散り散りの世界」

散り散りの精神
滅裂な感情
暴発する思考の中で繰り広げられる人格破壊
一体どれが僕なのか

一体何が僕なのか
もはや自分が分からない
君の目に映る僕
それは真実（ほんとう）に僕なのか？

リアリティの欠片もない現実［日常］
脳味噌（あたま）が凍りつくかのような感覚［錯覚］
そこで繰り返される　妄想　幻想　空想　自縛
膨張する世界［My World］
そして狂気［spirits］
そのスピード［計測不能］

このまま眠らせてしまおうか
それとも実践を繰り返し
現実のものへと変えてやろうか
鈍く回転する無機質な無意識裡
怒り　恐怖　自殺願望　殺意

誰か俺を殺しに来い！

死ねば楽になれる
いつだってそう思う

ダセェ　ウゼェ　死ね　殺す！
地に堕ちたコミュニケーション能力
人間力皆無の残骸たち
乱舞する弱者への嗤い
理解されない心の闇
それらを抱え　理解できない
人　気持ち　構造　感情　思考　回路
後悔すべきは
理解しようとさえしてこなかった僕らの歴史

残されたのは可能性
さて　ここからだ　いつだってそうだ
正しいとは言い切れない

信じるには値しない
もはや僕には分からない
それでもここから始めよう
さて　ここからだ　いつだってそうだ
そう　これからだ　いつだって　そうなのだから……

System error 3.2.1……///Do not care///GO!!!!!!!!!!

闇医

入社初日、Mが任された初仕事は、ポスティング事業とやらのエリア分けだった。新規事業としてポスティング事業課を立ち上げるらしい事が、朝礼で社長の口から発表された。会社で発行しているフリーペーパーのタウン誌の配布エリアを、いくつかの小さなエリアに分け、自社で雇うポスティングスタッフのパートさんに、エリアごとに担当を決めて配ってもらう事が目的らしい。部長から指示を受け、地図を広げてエリアごとに線を引いて区切っていく。広過ぎず、狭過ぎず、各エリアに配布する部数に気を配り、ポスティングスタッフ一人一人の負担が大きくなり過ぎないように気を遣いながら範囲を決定していく。全体の配布エリアは広い。大きな地図を、小さな会議室の机の上に広げながら、ただ一人、黙々と作業を進めていた。会議室の入り口から中を覗き込み、Mの様子を窺う者はいても、Mに話しかけようとする者は一人もいない。Mは朝礼で入社の挨拶をした時の事を思い出していた。

小さなオフィスの雰囲気は、とても明るいといえるものではなかった。もちろんそう感じたのは、オフィスの日当たりだとか、照明だとか、物理的な問題ではない。社員の雰囲気がそう感じさせたのだとMは思っている。今日入社したのは二人、Mともう一人、もうすぐ三十歳になるという男性の社員で、企画担当になるのだと自己紹介をしていた。自己紹介を受けての社員たちの反応は冷たいものだった。まるで邪魔者か異分子でも入り込んだかのような目付きで新入社員を眺めた。歓迎ムードとは懸け離れていた。誰もが冷めた目つきで新入社員を眺め、それは敵意すら感じさせるものだった。そしてもう一つMが感じたのは、得体の知れない気味の悪さだ。まるでみんな自分が入社する前から自分の事を知っているような、知った上でこんな奴は歓迎できないとでも思っているような、そんな雰囲気だ。

Mは面接の時に、自分の作るホームページの事を社長に話した。ホームページを使い、色々な事を発信したいのだと、社長に話した。そこには、恐らく誰にも理解されないだろう世界平和への簡単な道筋と、自身の症状の事が書かれていた。人間不信、精神異常、社会不適合、孤独、社長はそれを社員にも見せたのかも知れない。望むところだ。それを読んだ上でのこの反応ならば仕方がない、そんな事を漠然と考えながら地図に線を走らせる。

時折ボーっとする意識の中、この仕事には終わりがないように感じられた。自分の仕事が遅いのか、この仕事が、自分の思っている以上に大変なのか、Mには分からなかった。多分前者だろう。両方かも知れない。同じ作業を丸一日こなしていると、色んな感覚が分からなくなってくる。もう夜の八時を過ぎていた。まだ家に帰った社員は一人もいないようだ。そんな事を思った。

オフィスは三部屋に分かれていた。一番大きな部屋と、通路を隔ててその向かい側に会議室、制作部屋が並んでいる。制作部屋はその名の通り、出版物の紙面を作成する制作課の人間が仕事をする部屋だ。それ以外の人間が、一番大きな部屋で仕事をこなし、会議室はどうやら会議をする時や、今Mが行っているような、何らかの作業をする時に使われるらしい。

制作部屋の話し声は、会議室にも筒抜けだ。Mについての、遠慮のない話し声もMの耳に届いていた。気味が悪いとか、何であんなの雇ったんだ、という悪口や、あいつヤバイんじゃないの？　とか、やる気あるのかな、という疑問の声や、いきなり大変な仕事を任されて可哀想とか、帰ってもいいよって言ってやらないといつ帰っていいのか分からないんじゃないの？という心配の声、じゃあお前が言ってやれよとか、話しかけてみれば？　という言葉に対する、やだよ、お前が行けよ、という拒絶の言葉。Mは別に何とも思わなかった。そんな言葉に動きを示すような感情は、とっくの昔に失せていた。それよりも煙草が吸いたいな、そんな事を漠然と考えていた。昼間は一時間おきくらいに外にある喫煙所で煙草を吸った。その様子を見る社員たちの目が冷たかった。休憩の取り過ぎだと言われているような気もしたが、この単純作業をずっとこなすにあたって集中力を維持する為には、そのくらいの頻度で休憩を挟んだ方が効率が良いとMは思った。それでも集中力は途切れがちだった。そもそも自分は営業として雇われたにもかかわらず、なぜこんな事をやっているのか、状況がいまいち摑めなかったが、深く考える事もしなかった。腕時計を見た。ボーっと意識がトンで時間を読み取るまでに十秒ほど費やした。八時四十分か。と、視線を感じて入り口に目をやると、一人の男性がこちらを見ている。社員なら朝、顔を合わせているはずだが、思い出せない。

「どうですか、進んでます?」そう問いかけながら会議室へと入ってくる男性。まだ若い。自分と大して変わらないのではないかとMは思った。

「いや、まあ」と曖昧な返事をするM。その男性が地図に目を落とす。

「大変そうですね」と男性に言われ、

「まあ、そうですね」何を話せばいいのか分からないので、取り敢えず自分も地図に目を落とす。気まずい空気が流れる。そう感じたのはMだけだったかも知れない。

「精神異常って、本当ですか?」と、唐突に訊ねる男性。

「ああ、はい、本当です」やはりホームページを見られている、Mはそう思いながら返事をする。

「精神異常って、どんな症状なんですか?」

少し考え、Mが答える。

「えーと、何をするにしても集中が途切れたり、時折意識がトンだり、常に体が怠いというか、重かったり、生活に現実味がなかったり、自分が分からなかったり、考えがまとまらなかったり、後は……」そこで言い淀むM。

「後は？」

「……精神が、分裂してます」目を伏せ、口を一文字に結びながら真面目腐った顔つきでMはキッパリそう言い切った。

「精神が分裂してる？」

「…………」

一拍間を置いて、首だけで頷くM。

「どういう事ですか？」男性が興味を持ったらしく深く訊ねてくる。

「えっと……、うまく説明できませんが、精神が時に子供だったり、やけに大人びていたり、残忍で卑猥だったり、親切で優しかったり、卑屈で横柄だったり、傲慢だったり、かと思えば素直で可愛らしい自分もいる。何かする時、いくつもの自分が顔を出します。自分の心を覗き込む時、色んな自分が同居しているんです」

「なるほど」と言ってMの顔を見つめる男性。Mは地図を見つめながらその視線を感じている。

「でもそれはみんな一緒だと思いますよ。色んな自分が同居している、誰だってそうです。それは病気ではありませんし、かつて言われていた精神分裂病という病気も、そもそもそういう事ではありませんからね。本当に精神が分裂している人なんて、いませんよ」優しい口調でそう語る男性。

黙って男性の言葉に耳を傾けるM。しかしMはその言葉に納得してはいなかった。Mは自分を見失っていた。大人になる過程において、人格形成に失敗したのだとMは分析する。自分が分からない、だから他人と接する時、どういう態度で臨めばいいのかが分からないし、色んな自分が顔を出す。それは自然体ではあり得ない。それが本当に自分なのかも分からない。いつも不安と落ち着きのなさが同居し、苛立ちと不自然さが介在する。何気ない出来事で悲しみのどん底に突き落とされる事もあれば、残忍な気持ちに突き動かされ、暴力的な行為に及びそうになる事もある。それを、自分が演じているのではないかと感じる事もある。いつも違和感だけが心に残る。喜びや幸福に包まれた感覚など、既に忘却の彼方だった。

「よくそんな状態で働こうと思いましたね」という男性の言葉に、Mは一瞬、嫌味を言われるのかな？　と思いつつ男性の顔に目を向ける。すると、

「病院には行きました？」と再び訊ねてくる。

「いや、行ってません」と答えるM。

「て事は自己診断？」と驚くでもなく、咎めるでもなく、三度訊ねてくる男性。

「はい」

「へぇ、凄いですね。自分で精神に異常をきたしていると思ったにもかかわらず、病院にも行かずに営業職に就こうなんて」と嫌味なのか何なのか、よく分からない誉め言葉を口にする男性。

「はあ」どう反応していいのか分からず、気のない返事をしてしまうM。

「営業がやりたいんですか？」と訊ねてくる男性。

「営業というか……営業は初めてなのでよく分からないですけど……でも……」またも言い淀むM。

「でも、やりたい事があるからこの会社に入ってきたんでしょ？」ガンガン質問を重ねてくる男性に戸惑いながらも、「はい、そうです」と、ハッキリと返事をするM。

「じゃあ、病院には行かなくて正解ですよ」と、男性がまたもやよく分からない事を口にする。

「そうなんですか？」とMが訊ね返す。

「はい。やりたい事があるなら、そんな状態の時に病院に行っちゃダメですよ」

「何でです？」

「医者に止められるからです。やりたい事があっても止められるから」

「マジですか？」驚きの声を上げるM。

「そうだね。それだけの自覚症状があったら、働きたいって言っても、まず働かせてもらえないでしょうね。もう少し症状が改善してからの方がいいって言われると思いますよ」

「マジですか？　あぶねぇ。働きたいのに働かせてもらえないって……、でも何でです？」心底不思議そうな顔をしてMが疑問を口にする。

「それは、無理をして働いて失敗したらもっと症状が酷くなる、悪化すると考えられているからです。そしたら治すのにもっと長い時間が必要になる。だったら今はもっと慎重になって、より状態が良くなってから働くべきだ、その方がうまくいく確率は高い。そういう理屈です」

少し考えを巡らし、納得いかないといった表情を浮かべるM。

「でもいずれは働くワケだから、本人がやる気になった時にやらせるのが一番だと思いますけどね。思い立ったが吉日。失敗なんか恐れてたら何もできない」

「そうなんですよ。せっかく本人がやる気になっているのに、理屈と心配が先に立ってやる気を削ぐのが精神科医です」と笑う男性。

「そうなんですね。じゃあ良かったです、病院なんか行かなくて。改善なんかしませんよ。俺、周りが思っている以上に重症ですから」真顔でそんな事を口にするMに、笑顔で忠告を口にする男性。

「自分でそういう事言わない方がいいですよ。怪しまれちゃうし、疑われちゃうから」

Mの顔にも笑みがこぼれる。何だかいい人そうだ。

「でも事実ですから」

「私は凄いと思いますよ。Mの決断、行動」

思ってもみなかった褒め言葉に、戸惑いを見せるM。

「そ、そうですか?」

「私は応援します。Mの事」

「あ、ありがとうございます」

「やりたい事があるなら、思い切ってやってみるべきです」

「そ、そうですよね」

「僕が精神科の先生ならこう言いますよ。やりたい事があるならやってみなさい。思う存分挑戦してみなさい。もし、ダメならいつだってここにきなさい。治療しましょう。また挑戦したくなるまで、何度だって治療して、何度だって挑戦しましょう」

　Mは男性を見つめた。

「じゃあ、頑張ってください」男性はそう言って出口へと向かう。その姿を目で追うM。男性は振り返る事もなく会議室を出ていった。

　その日、Mは結局終電間際まで仕事をした。最後まで残っていた何人かの社員と共に。帰るタイミングが分からなかったのだ。誰かに聞けば良かったのかも知れないが、Mはそれをしなかった。途中で帰っていった社員も何人かいたが、Mに帰るよう促してくれた社員は一人もいなかった。最後まで放ったらかしにされていた。でもMは、自分に話しかけてくれた男性と一緒にいる時、何だか心が安らいだような気がした。心の奥で、何かがキラリと蠢(うごめ)いたような気がした。温かい、何かが。それは不思議な感覚だった。自分の望んでいる言葉をかけてもらえたような、自分の感情をそっと撫でて、後押ししてくれたような、そんな感覚だった。そんな感覚を、僕は今まで味わった事があっただろうか、Mはそんな事を思った。実際の精神科医をMは知らない。でも実際の精神科医よりも、あの男性の方がよっぽど精神科医らしいのではないかとMは思った。なぜなら、こんな重症の自分の心に、安らぎをもたらしたのだから。それは経験上、とても難しい事であるような気がした。あの人は闇の名医、略して「闇医」だな、とMは勝手に名付けた。

Mの書き込み一

うちは広告代理店。

チャキチャキのベンチャー企業である。

俺はタウン誌の営業マンとして採用されたが、雑用から何から、みんなが色んな業務を兼任していかなければならないらしい。


「営業は、人間学だ」と社長は言った。

人間力がものをいうらしい。

おもしろいと思った。

そんなもの、今の俺にはきっと皆無だ。

でも人は成長する生き物だ。

いつかその人間力とやらを身に付けて、人間学とやらを極めてみたい。

俺に言葉は難しい。

言葉がうまく出てこない。

まず、電話に出た時の「お世話になっております」というセリフがうまく言えない。

ん なぜなら、世話になった覚えがない。

会社としてお世話になっている事は重々承知しているのだが、頭では分かっていても、自分
に実感がないからだ。

当事者意識の問題だろうか。

それとも共感性？

どちらも重要な問題に思える。


明日から営業の飛び込みだ。

来た来た営業。絶対リアルだ。

ボロボロの靴しかないが、大丈夫だろうか。

「契約が取れれば何でもありだ。スニーカーでもいいぞ。ガンガン飛び込んで、体で覚えて
こい！」

とは社長の言葉。

さすがは社長、太っ腹。

必要なのは場数だ。
その全ての経験が、成長の為の糧となる。
場数を踏んで、前進あるのみ。
そんで今からだ。
ここからだ。
いつだって、そうだ。

人間不信とは、自分を信じられなくなるところから始まるのだ。
自分を信じ切れる人間は他人に左右されたりはしない。
他人はどうあれ、信じられるものがそこにあるからだ。
それは信念という言葉に置き換えられるかも知れない。
それのない人間には、自分がないのかも知れない。
自分がないから揺らぐ。左右される。
自分にとって、悪い方へ、ネガティブな方へと流される。影響される。
そんな気がする。

もう一度、自分を信じよう。

自分を信じるところから始めてみよう。

自分の中にある、その可能性を。

孤独の果てにあるものは
限りない自由だと信じて進め。

舐められる

翌日、Mが出社すると、オフィスの隅のパソコンの前に数人の社員が集まっていた。ヒソヒソとした話し声で何かを囁き合っている。


人間学って何だよ。営業ってそんなに大げさか?

そんなもん極めてどーする。

お世話になっております、くらいフツー言えるだろ。

実感がないって何だよ。当事者意識とか共感性とかいらねぇし。口先だけでいいんだよそんなセリフ。

あいつ絶対バカだよ。

リアルって何？　太っ腹って何だよ。太っ腹ってそーゆー事？


「今日は、初めての飛び込みなので、緊張……はしてないですけど……、凄く楽しみなので、場数を踏んで、一件でも契約に結び付くように、張り切って、ええと、たくさん回ってきたいと思います」朝礼で、緊張気味のMが本日の行動予定を告げる。

「Mさん、飛び込みは資料を渡すだけでもいいですから。話ができればした方がいいですけど、まずは資料を渡して見てもらう、そして後日確認の電話をしてアポを取る、その後商談で契約まで結び付けられればいいので。名刺交換だけ忘れずにお願いしますね」主任が説明をする。まだ二十四歳、Mより若い。

「あ、そうなんですね……。分かりました。頑張ります」

そうなんですねって、あいつ何しに飛び込むつもりだったんだ？　あいつ絶対何も分かってないよ。

「営業車使ってもいいですけど、車の運転は大丈夫ですよね？」

「あ、たぶん……、体が覚えてると思います」

たぶんて何だよ。体が覚えてるって何？　絶対事故るよあいつ。

空は快晴。会社の裏道に路駐されている営業車にMは張り切って飛び乗った。初めての営業、初めての飛び込み、何もかもが新鮮に感じられる。ここから始まる新たなスタートに、ドキドキが止まらない。ワクワク感が半端ない。不安がないわけではない。未知の世界に飛び込むのだ。それでも自然と気合が入り、久しぶりに運転する車のハンドル操作もどこか軽やかだ。

車を走らせて三分、コンビニを発見。おもむろにコンビニの駐車場へ入り、車を停車させるM。携帯電話を取り出し、番号を検索、W教育通信社のボタンを押して、かける。

「はい、W教育通信社です」オフィスにいる社員が応答する。

「あ、お、お疲れ様です、Mです」

「ああ、どうしたの?」

「あの……、モデルルームって、どこにあるんですか?」

「はい?」

「出発したのはいいんですけど、飛び込む先の場所が分からないんですけど……」

「は? 場所調べないで出ていったんですか?」

「あ、調べるんですか?」電話の向こうで白けたムードが漂う。

「じゃあ、モデルルームは看板出してる所が多いんで、看板見付けて片っ端から飛び込んでください」

「あ、そうなんですね。分かりました。ありがとうございます」ガチャン。荒々しく電話を切られ、携帯を見つめるM。しかしめげた様子もなく再び車を走らせる。

「そっか。調べてから出てくればよかったのか。相変わらず頭悪いな俺ってば」そんな事を呟き、キョロキョロと辺りを見渡しながら、ヘタクソな口笛を吹いている。

「看板発見！　三百メートル先の信号を左折、と」今度こそ、いよいよ新たな仕事がスタートするのだ、そう思うと自然と目が輝く、ワクワク感が胸に湧き上がる。


会社を出てから四時間が経過していた。Mはお昼も取らずに車を走らせていた。もう何件回っただろう、考えるまでもない、やべぇ、まだ三件しか回ってねぇ。資料は渡せたものの、手応えはまったくない。これは成果に繋がるのだろうか。

「そんな事よりここはどこだ」Mは迷子になっていた。知らない土地を、モデルルームの看板を頼りに走らせていた為、自分の現在地が分からない。看板からモデルルームに辿り着くまでも何度も道に迷った。道路の看板を見ても、知らない土地の名前ばかりだ。

胸ポケットの携帯電話が鳴る。応答するM。

「お疲れ様です、Mです」

「あ、お疲れ様。今どこ？　急遽出かけなくちゃならなくなったんだけど、車が足りないの。すぐに戻ってこれる？」

編集長だ。

「あ、大丈夫です」

「三十分で戻ってこれる？」

「分かりました」電話を切り、アクセルを踏み込んでスピードを上げるM。

「じゃあよろしく」

「たぶん」


一時間半後、慌てた様子でオフィスに駆け戻るM。編集長の姿が見当たらない。

「あれ？　編集長、どこですか？」

オフィスを見渡し、誰にともなく訊ねるM。

「おっせぇよ！　戻ってくるのに何時間かかってんだよ」

「いや、すみません。道が混んでて……、あと……、ちょっと……、迷子になってました」

呆れ顔の社員たち。白けたムードで仕事を再開する。


夕方になり、まだ弱冠二十歳の営業社員を伴ってオフィスへと帰ってくる編集長。Mを見付けて声を張り上げる。

「ちょっとどこに行ってたのよ！　いつまでも帰ってこないから間に合わなかったわよ。この子に頼んで送ってもらったけど」隣にいる二十歳の社員が、Mを見つめている。ニヤニヤと口元に笑みを浮かべながら。

「すみません、道がよく分からなくて……」

「は？」

呆れた顔をして踵を返し、自分のデスクへと向かう編集長。まったく使えない、そんな呟きが聞こえてくる。それを見送り、二十歳の社員が馴れ馴れしくMの肩をポンポンと叩く。

「Mさん、しっかりしてくださいよ。俺なんか高速使って二十分で戻ってきましたよ」その目が嘲笑している。Mを見下している。完全に舐め腐っている態度だ。何となく目を逸らし、床へと視線を落とすM。もう一度Mの肩を叩き、

「しっかりしてくださいよ、Mさん。年上なんですから」と言って年下の社員が去ってゆく。その後ろ姿を虚ろな目で追うM。自分が傷付いたのか、頭に来たのかすら分からない。感情が乏しい。そんな事、考える事すらめんどくさい。

Mの書き込み二

今日は飛び込みをした。

社長は言った。

「相手が怒るか怒らないか、そのギリギリの線まで踏み込んで来い!」と。

なるへそー、と僕は思いました。

社長! 初めから怒っている人たちがたくさんいます!

社内にも、社外にも。

主任が言った。

「お願いしますね。Mさんだけが頼りですんで」

あのタフそうな主任が、こんな俺が頼りだという。

そーとー状況がヤバイ。

のか？

もたもたやってる暇はねぇ！

場数踏んでる暇もねぇ！

とにかくページを埋めなければならない。

その為には契約が必要だ。

俺に契約の兆しは、ない。

気合が足りねぇんだ。気合で何とかしろよ。

ビビっても突っ込め！

それなら、できる！

俺は自分がビビってる事にビビらない。

慣れっこだからだ。


そんで今からだ。

いつだってそうだ。

ここからだ。

前進あるのみだ。

怒られる

まじウケるよあいつ。本気でバカなんじゃないの？

そりゃあみんな怒るよ。誰もお前の相手してる暇はないんだよ。

何焦ってんの？　状況とか、お前に何が分かるんだよ。

まあ確かにヤバイけど。

気合の問題じゃねぇよ。気合いで契約なんか取れるわけねぇだろ。

ビビっても突っ込め！　て、何にビビってんだよな。ただの営業だろ？　ただの小心者だろ
あいつ。

「みんな忙しいからな」社長がわざわざMの席へやってきて、一言だけ添えて去っていく。

「Mさん、これあげるから、もっと気楽にやりましょう」駄菓子を渡して制作課の女子が去っていく。それらの言葉や対応を、不思議そうな顔で見つめるM。Mは薄気味の悪さを感じていた。それは得体の知れない気味の悪さだった。自分で世間に公開し、自分で社長に話したホームページだ。誰が見ても不思議はない。でも、社長に話すまでは匿名だった。自分が書いているなんて事は誰も知らなかった。それが気楽だった。安心だった。でも今は違う。このホームページの書き手がMだという事を、知っている人たちがいる。そしてどうやら会社のみんなが自分のホームページを見ているらしい。本来ならば望むところだ。自分でそう仕向けたのだから。それなのに、なぜか嫌な予感がする、Mは直感的にそう感じた。何か取り返しのつかない事態に発展するのでは、そんな予感がMを包んだ。嫌な予感はいつも当たる。いい予感なんて、した事ないけど。Mは孤独を感じて生きてきた。それはMにとって絶望的な孤独だった。どうしたら抜け出せるのかが分からない、先の見えない暗闇だった。Mの周りにも、親切な人はいる。愛情の念を持って接してくれる人もいた。しかし、Mの心に安らぎを与えてくれる人間は皆無だった。それは自分の受け取り方の問題なのかも知れないとも思ったが、Mは誰にも心を開けずに人生を生きてきた。そんなMにとってホームページは唯一の心の拠り所だった。自分の感情を、自分の想いを、自分の考えを、誰に遠慮する事なくぶち撒けられる唯一の場所。それをみんなに見られる事は恥ずかしくもあったし、怖くもあった。侵犯されたくない自分の領域を、みんなに明け渡してしまったような、そんな奇妙な感覚もあった。しかし、それは自分で決めた事だ。Ｍは思った。ここから先は、全て自分で選ぶ道。誰に何を言われようが、どう思われようが、前途を自分で切り開く、そう覚悟を決めたはず。恐れる事などない。今の俺には、疚(やま)しい事など何もない、後ろめたい事など、何もない。だったら、堂々としていればいい、毅然としていればいい。Ｍはそう自分に言い聞かせた。


オフィスの電話が鳴る。受話器を取るＭ。

「お……お電話ありがとうございます。Ｗ教育通信社です」

「広告出したいんだけど、社長いる？」

親し気な口調で相手が訊ねる。

「はい？」キョロキョロと辺りを見回し、ぎこちなく返答するＭ。

「いや、今、出かけてます」

「あ、そう。じゃあ君でいいや。広告出せる？」

少し考え、「はい、大丈夫だと思います」

「じゃあ今からうちに来てよ。△△学習塾にいるからさ」

「はい、それは……どこにあるのでしょう」

「お前、新人か？」

「はい」

「じゃあ周りの社員に聞けよ。俺はお前んとこの社長の大学の先輩だからさ。これまでも広告出してるから、聞けば分かるよ」

「分かりました」軽い気持ちで返事をするM。すると、「あ？　今なんつった？」と受話器の向こうで声が尖る。

「はい？」

「分かりましたじゃねぇよ！！　バカ野郎！！！！」突然大声でキレだす電話口の相手。突然の出来事にビックリしながら受話器に目を向けるM。

「勝手に分かってろバカ野郎！！！　テメェ客に対しての口の利き方も知らねぇのか！　テメェんとこの社長は社員にどういう教育してやがんだ！　＃＄％（'＆％＄＃＆％＄！・）」

相手の怒りが徐々に増していく。そしていつまでも収まらない。もはや何を言われているのかも分からないまま怒鳴られ続け、どうしたらいいのかすら分からないまま、Mはただただ受話器に耳を傾ける。

「分かったか！！！」

ようやく聞き取れる単語が耳を突く。焦って答えるM。

「分かりました！」

「分かりましたじゃねぇ！　バカ野郎！　テメェ何が分かってんだ！　％＄＃"％！　'（＃）（'＆＃％"＄＆＄'＃）」

ワケが分からず必死に頭を巡らせるM。確かに俺は何も分かってない。まったく聞き取れない怒鳴り声を聞きながら、一体何が起きているのかを必死に考える。口の利き方がどうとか言っていた。一体俺が何を言ったのか。

「分かったか！！！！」と再び言われ、「分かりました！」と反射的に答えるM。

「分かりましたじゃねぇ！　つってんだろぉがバカ野郎！！！！！　＊，＆％＄＃“！＆‘，（＋＊＆％＃）」

　思いもよらない展開に焦りを感じながらも、Mの中で閃（ひらめ）いた言葉がある。何を言われているのかまったく聞き取れないが、この人が怒っている原因は恐らくこれではないか。そう考えながら、汗の滲んできた掌でしっかりと受話器を握りしめる。相手の怒鳴り声は延々と続く。相手が怒鳴り終わるタイミングを待ち構えながら、「分かったか！」と言われ、しかし、反射的に、「分かりました！」と答えてしまうM。

「分かりましたじゃねぇ！　テメェはバカなのか！？　勝手に分かってろって言ってんだ！！‘＄（＃＆“）＆”％＃＄＆＊>＋＄」

　しまったぁと思いつつ、次の言葉が切れるタイミングを窺う。ワケの分からない怒鳴り声は延々と続く。受話器を持つ腕が痺れてきた。受話器を耳から外したいところだが、タイミングを逃すわけにはいかないので延々と耳を傾ける。

「分かったか！！！！！！」

　来た！　ようやく聞き取れるその単語。今度こそ、落ち着いて言葉を発しよう、そう思いつつ、「か、かしこまりました」と言ってみる。

一瞬間をおいて、平静を取り戻した相手の声がする。

「そうだ。それだ。かしこまりましただろ？　分かりましたじゃねぇんだよ。頭で勝手に分かってりゃいいんだよ。口ではちゃんとかしこまれ。分かったらいいんだ。こっちは客なんだからよ、口の利き方に気を付けろ。俺だってこんな事は言いたかねぇよ。でもお前、こんなもん、常識だからな」

「はい、すみません」

「じゃあ今から来い」

「分かり……かしこまりました」

ホッとして受話器を置くMの姿にオフィス中の目が注がれていた。

何？　あいつ何怒られてんの？

三十分くらい怒られてたけど何？

時間の無駄だよ。何やってんだよあいつ。

バカだよ絶対。

Mの書き込み三

確かに、怒られなければ分からない事もある。
世間知らずの俺だから～♪
まあ、たぶん俺、分かったけどね。
初めからそう言ってもらえれば。

今日は雑誌の設置個所を増やす為、色んなお店を回った。
会社で発行しているタウン誌を置いてもらえないかと交渉する為だ。
「そういうのは本部を通すのが常識でしょ！」と怒られた。
常識……？　それは……、弊社では取り扱っておりません！　爆笑～！

でも一件、あるディスカウントストアに置いてもらえる事になった。
世の中、話の分かる人はいるものだ。
有り難い事である。

これは大きな一歩、大いなる前進である。

喧嘩

あいつ絶対世の中舐めてるよ。

常識を扱ってないって、会社バカにしてるだろあいつ。

爆笑してんじゃねぇよ。


突然オフィスに怒鳴り声が上がる。

「絶対に無理です！　やめさせてください！　私は絶対にやりませんからね！」

Mとは別の雑誌を取り扱っている編集課の女性課長だ。机をバンッと叩き、オフィスの外へ飛び出していく。取り残された部長が苦笑いを浮かべて首を傾げている。それを見ていた社員たちは全員我関せず、知らんぷりだ。どうやらまた社長が新しい企画を立ち上げ、それを部長が編集課の女性課長に進めるよう持ち掛けたらしい、という事はMにも分かった。この会社は仕事量の割に人が少ない。テレアポや、雑誌の記事を書くパートの主婦レポーターを含めても全部で二十人足らずだ。それで三つの媒体を発行し、チラシや瓦版まで手掛けている。みんな本当に忙しく、お陰でオフィス内はいつもピリピリムードだ。他人に構っている暇はない。他人の仕事に興味もない。他人が何をやってようが関係ない。協力し合おうなんて気は更々ない。一人一人にかかる負担が大き過ぎて、自分の事で手一杯、いつも喧嘩ばかりだ。当然これ以上の仕事なんて誰も抱えたくないだろうし、出来損ないの自分を、時間をかけて育てている余裕もない、という事をMは理解していた。

「社長に俺が怒られちゃうな」誰にともなく、そう呟く部長の声が耳に入る。自分に力があったなら、仕事をこなせる能力があったなら、自分が引き受けるのに。

と、再び怒鳴り声が響く。

「何であなたはいつもそうなの！　家で待ってなさい！　学校に行きたくないんでしょ？　だったら家に居ればいいじゃないの！　お母さんは仕事してるの！　いつまでも甘えないで！」

そう言って受話器を叩きつけるようにして電話を切る編集長。この会社に入ってから毎日のように見かける光景だ。中学生になる編集長の娘さんが登校拒否らしい。しかし、仕事が忙し過ぎて構っていられない編集長は、娘さんからの電話にいつも怒鳴り声で対応する。冷たく突き放す。編集長の作る雑誌、つまりMが営業として取り扱っているタウン誌は、素人目に見てもかなりオシャレだと思えた。使われる写真や色合い、載っている広告も、どこか煌（きら）びやかな感じがする。うちの会社はお金がない。だから綺麗な写真を撮るにしても工夫が必要だ。その辺にあるもの、転がっているものを被写体に使い、セロハンを通した電球等の光を当てて綺麗に見せる。それを写真に収めて表紙や空いたページのスペースに載せる。そんな貧乏くさい写真が、雑誌に載るととても華やかで美しいものに感じられる。編集長の工夫一つで。仕事のできる人だとMは思う。この会社には仕事のできる人が多い。でもその誰もが孤立している。孤軍奮闘している。どこか苦しんでいる。Mにはそう思えた。しかし、その誰もが戦っている。それもMの抱いた感想だった。

Mの書き込み四

「戦闘集団」
ベンチャーベンチャーアドベンチャー♪
俺たちゃ最強！　ピロロンピロロン
立場は低いぜ！　ガルルゥガルルゥ
のっしあっがれ！　オウ！

社会に出たら甘えは捨てる。
覚悟の上だ。
戦場での手抜き甘えは命取り。

常識である。

人生の背景

もはや意味が分からねぇよ。
戦闘集団て何？
最強って何だよ。くだらねぇ。
ひょっとして私たちの士気を高める為に書いた歌詞なんじゃないの？
嘘でしょ？　小学生でももっとマシな歌詞書くよ。
下らなさ過ぎ。低レベル過ぎ。
戦場って何？　戦場ってどこ？
ホームページ使って何がやりてぇんだよ。
遊んでんじゃねぇよなホント。

社長の言葉に、オフィス全体がざわついていた。社長の隣に、長身で強面（こわもて）の男が立っている。

「この人はな、ヤッさん、四十一歳だ。最近まで暴力団で働いていた。真面目にやり直したいというから、うちで営業をやってもらう事にした。まあよろしく頼むよ」

白けた空気がオフィスを包む。あからさまに顔をしかめる者もいる。

またかよ。何考えて人を採用しているんだ。そんな声が聞こえてきそうだ。

「まあ一つよろしくお願いします」

ヤッさんと紹介された男が、深々と頭を下げた。Mは頭を下げ返し、歓迎の意を表した。儀礼的に頭を下げる者、そっぽを向いてシカトを決め込む者、社員の反応はそれぞれだ。


オフィスの外に設置された灰皿に、社員たちが群がっている。特に会話もなく、ただ煙草をふかしている。それ以外に目的はない、とでも言いたげだ。和気あいあいといった雰囲気からは程遠い。

「どうも」そう声を掛けてやってきたのはヤッさんだ。胸ポケットから煙草を取り出し、口に咥える。煙草を灰皿で揉み消し、小さく一礼して立ち去る社員を皮切りに、皆無言でオフィスへと戻っていく。残されたのはMと闇医、そしてヤッさんの三人だ。

「どうも歓迎されていない雰囲気だね」ヤッさんが自嘲気味に笑う。「まあ、暴力団なんて聞いて歓迎してくれる会社も珍しいか」

「この会社で歓迎された新人を、僕は知りませんよ」闇医が答える。

「そうなのかい？」

「そうですよ。誰彼構わず社長が採用しちゃうものだから、入ってくる新人を誰も信用しないのです。今まで何人の新人が採用されて、何人の人間が辞めていった事か。その中で本当に会社にとって戦力となった人間なんか、ほとんどいませんからね。古くからいる社員はもうみんなうんざりしているんです」

「なるほど。俺がヤクザだからってワケでもないんだな」

うんうんと頷きながら、ヤッさんを見つめていたMが口を開く。「うちは教育通信社だから誰でも面倒見ちゃうんだ。社長は面倒見が良過ぎるから誰でも採用しちゃう。俺も精神分裂してるしね」そう言い放ち、右手の親指で自分を差す。吸っていた煙草を灰皿に投げ入れ、もう一本の煙草に火を付けるM。

「おお、ひょっとしてあんたがMか？　社長から話は聞いてるぜ。自ら精神に異常をきたしていると言って憚らない若造で、世界平和を唱えるおかしな奴がいるってな」

「ふふふ」大きく煙を吸い込み、吐き出しながら、不敵な笑い声を漏らすM。そしてヤッさんに訊ねる。

「うちの社長、さすがは教育の看板を掲げる企業の社長だとは思わないかい？」

タメ口だ。それに構うことなくヤッさんが訊ね返す。

「どういう事だ？」

「普通、精神を病んでる奴だのヤクザだの、会社は雇っちゃくれないって事さ。もっとまともな人間を欲しがるし、もっとまともな人間を採用する。狙うとしたら、もっとまともな経験を積んできた、できれば即戦力になる人間だ」
「なるほどね」さほど関心はなさそうに煙草をふかすヤッさん。
「まったく馬鹿げてるよね」と、咥え煙草で言い放つM。
「馬鹿げてる？　何がだ？」ヤッさんが疑問を投げかける。
「それで世間はどの業界も人手不足だと嘆いているんだ。それを馬鹿げてると俺は言ってい
る」
「どういう事だ？」
「即戦力や仕事ができる人間を求めても、そんな人間はそもそも転職しない。なかなか他へは
移らない。もう既に活躍の場があって、自分の居場所があるんだからな。よっぽどの事がない
限り他の場所へは移らない。転職を繰り返すのは、活躍の場がない人間、自分の居場所がない
人間、要はいきなり戦力になるなんて事はほぼほぼ考えられない人間が大半だ。即戦力なんて
求めていたら、いつまで経っても人手不足は解消できない」
　少し考えて、得心顔をするヤッさん。「なるほど、確かにな。でも使えない人間ばかり増や
してもしょうがねぇしな、どうすりゃいいんだ？」と疑問を口にする。即座に答えるM。
「狙うとしたら、精神病んでようが、ヤクザやってようが、そんな事は関係ない。俺やヤッさ
んのように、やる気のある奴、覚悟のある奴を狙うべきだ」
「覚悟のある奴？」眉間にしわを寄せるヤッさん。
「ヤッさんも言われたろ？　最初に。この会社に入ったら休みが取れると思うなよ、って」

少し考えて頷くヤッさん。

「ああ、言われたな」

「それで入ってくる奴はやる気のある奴だ。仕事に対して覚悟のある奴だ。休みなんかなくても構わないっていうんだからな。そーゆー奴は伸びる」

「ふ〜ん、そんなもんかね」

「そんなもんだ。精神病んでようが、ヤクザだろうが、浮浪者だろうが、引き籠もりだろうがニートだろうが、覚悟があるなら全員採用してやりゃあいいんだ。大切なのは覚悟だ。覚悟があれば人間大抵の事には耐えられる、乗り越えられる。と思う。いい大学を出てたって、どんなに頭が良くたって、甘え腐ってる奴、仕事に対して覚悟のない奴はダメさ。伸びる要素がない。嫌な事があったらすぐに逃げ出すのがオチだ。やる気と覚悟、特に覚悟だな、そいつを持ってる人間を片っ端から採用してやればいい。そしてそいつを戦力として育ててやりゃあいいんだ。初めは大した戦力にはならないかも知れない。でも途中で辞められたり、いつまで経っても仕事を覚えない奴よりよっぽどマシだ。いきなり即戦力になれる人間なんてそうそう見つかるわけがない。そんな事すら分からない贅沢な会社が多過ぎる。うちのように、覚悟があればどんな奴でも採用しちゃうような度量の大きな会社が世の中に増えれば、人手不足なんてものはすぐに解決に向かうんじゃないかと俺は思うね」確信めいた言い方をするMに、ヤッさんの顔が少し綻(ほころ)ぶ。

「ははっ、なるほどな。でも仕事に対して覚悟のある奴が世の中に何人いるかが問題だよな」

「たくさんいるさ。引き籠もりだニートだ浮浪者だ、今働いてない人間が世の中に何人いると思ってるんだ。みんな働きたいさ。誰だって心の奥底では社会との繋がりを求めている、と思う。ただ怖いんだ。自分には何もできないと思っている人間もいる、自分を受け入れてもらえないんじゃないかと思っている人間もいる。完全に自信を失ってるんだ。そんな人間が社会に出ようなんて、相当な覚悟のいる事だ。覚悟がなければできる事じゃない。俺もそうだったし。でもそれは彼らだけの問題じゃない。受け入れる側の問題でもある。まずはチャンスを与えてやる事が大切なんだ。その覚悟を、大きな度量を持って、受け入れてやる事が大切なんだ。その土壌を作ってやる事が大切なんだ」

「へぇ。そんなもんかね。でもそいつらが全員面接にきたとして、そいつにホントに覚悟があるかどうかは、どうやって見分けりゃいいんだい？　仕事に対する覚悟とやらが」

「そんなのは簡単だ。初めに厳しい事を言ってやればいい。うちは休み取れないよ、とか、残業だらけだよ、とか、こういう厳しい仕事だよ、て事を最初にちゃんと説明してやるんだ。それでもやりたいって奴は覚悟がある。採用してやりゃあいい。その上で仕事の面白み、楽しさを教えてやりゃあいいんだ。甘い事は一切言わない。甘い仕事なんてあるわけないからな。それを最初に甘い事言っておいて、入ってから厳しさや理不尽さに直面させるなんて企業も多いからな。だからみんなすぐに辞めていくんだ。聞いてた話と違います、なんつって、甘い仕事があるワケねぇだろ。どっちもアホだ」

「なるほど、なかなかその通りかもしれないが、でも最初に厳しい事を言ったら、誰も入ってこなくなるんじゃないのか?」

「入ってきたじゃないか。俺も、ヤッさんも」

「まあ、確かにそうだが」

「選ばなければ仕事なんていくらでもある。選ばなければ人材なんていくらでもいる。その中でお互いが何を見出すかってのが重要であって、贅沢なんて言ってたらキリがない。働く側も採用する側も贅沢なんだよ」

自分の話に納得しかけたヤッさんのその言葉に気分を良くしたのか、Mが言葉を続ける。

「ふむ……、言われてみればその通りのような気もしてきたが……」

「俺はヤッさんを歓迎するよ」

虚を突かれたような顔をするヤッさん。

「へぇ……、そいつは……、ありがとうよ」

「俺の初めての後輩だしね」そう口にするMの顔はどこか嬉しそうだ。

「そうか。後輩か。俺はてっきり誰からも受け入れてもらえないんじゃないかと思ったが。まさか社長が朝礼でいきなり俺の前歴を語るとは思ってもみなかったしな」

「人は皆、自分を基準に物事を考えがちだから。社長は自分が当然のようにヤッさんを受け入れられるから、誰だって受け入れられるだろうと思ってヤッさんがヤクザだった事をみんなに話したんじゃないかな」

「そうかな。何も考えてないだけのような気もしなくもないが」

「俺は受け入れるよ。せっかく真面目に働こうと思って入ってきたのに、ヤクザだったという理由だけで受け入れられないなんて、偏見もいいとこだからな」

「お前は俺がヤクザだったと聞いて何も思わないのかい？」

「だって真面目にやり直したいんでしょ？　ヤクザになったのだってそれなりの理由があるはずだ。きっと辛い過去もあったと思う。俺はその人の人生の背景を想像もしないで人を差別するのは偏見だと思っている。偏見こそ受け入れがたいよ」

「人生の背景？　何だい、そりゃ」

「その人の背景だよ。暗い人生を送っている人には暗い人生を送っている人なりの、暴力的な人生を送っている人には暴力的な人生を送っている人なりの理由がある。その理由みたいなものが、背景だ。その背景が納得のいくものであれば、その人が暗い事に対して理解もできる。暴力的な事に対して理解もできる。背景が分からないのに、その人を理解しようともしないのは偏見だと言っているんだ。暗い人生を歩んでいる人にも、暴力的な人生を歩んできている人にも、それなりの理由があるはずなんだ。その人を理解する為には、まずはその背景を想像する事が大切だと俺は思う」

「ほお、なるほどね」感心したように息を吐くヤッさん。興味深そうにMに訊ねる。

「それで、お前は俺の人生にはどんな背景があると思ったんだ？」

「さあ、それは分からないよ」

「分からないのかよ」ツッコミを入れるヤッさん。

「うん、想像ったたって限度があるからね」あっさりとそう言ってのけるM。

「何だそりゃ、分かりもしないのに受け入れるのか？」

「うん、知らない事や分からない事を否定して拒絶するなんて、それこそ偏見の極みだからね」当たり前のようにそう口にするMに、「変わってるな、お前。言ってる事がよく分からん」と言って肩を竦めるヤッさん。

「ヤッさん、俺が営業になって真っ先に教わった事はね」Mの口調が改まる。「相手の立場に立って物事を考えろ、という事だ。だから、ヤッさんの立場に立って物事を考えた時、受け入れてやるのがヤッさんにとって一番だと思うし、社員の立場に立って物事を考えた時、精神異常者やヤクザを受け入れられないと思うのも仕方のない事だと思う。そして社長の立場に立って物事を考えた時、教育通信社としてそんな俺やヤッさんにチャンスを与えてやるのは当然の判断だと思う」

「当然の判断？」

「そうさ。何しろ教育通信社だからね。働きたい奴は全員働かせてやる！　人生をやり直したいなら全員面倒を見てやる！　頑張る奴は大歓迎だ！　頑張っていれば結果なんぞ後から付いてくる！　その代わり、甘え腐ったらぶちのめす！　人生も仕事も甘くない。が、楽しんでやれ！　楽しくなけりゃ仕事じゃねぇ！　全力でやれ！　それが成功する為の一番の近道だ！　思う存分、やってやってやりまくれ！　てね」胸を張り、そう高らかに宣言するM。

「社長が言ったのか？」

「言ってない。ただ社長の立場に立って物事を考えた時、俺が社長ならそう言うだろうなと思ってさ」

　きょとんとするヤッさん。

「俺が社長ならって、相手の立場に立って物事を考えるって、そういう事か？」

「よく分からないけどさ、社長っていうのはそういうものなんじゃないかな、と思って」そう言いながら灰皿で煙草を揉み消すM。

「ふっ。変わってるな、お前。言ってる事がよく分からん。社長の立場に立って考えたというより、勝手に社長になって考えちゃった、て感じだ」呆れ顔のヤッさん。が、その顔に嫌悪の色はない。そしてMも楽しげだ。ヤッさんと話をしている時、何だかMは生き生きとしているように見える。オドオドとした感じがない。緊張した様子もない。臆する事なく自分の意見を述べている。とてもリラックスしているように感じられる。こんなMを見るのは初めてだ。いつものMじゃないみたいだ。それとも、これが本当のMなのだろうか。精神が分裂している、もしそれが本当だとしたら、それは一体、どういう事なのだろうか。二人の会話を聞きながら、闇医はそんな事を思っていた。

鏡

朝、Mはカサカサという音で目を覚ました。目を開けた瞬間、目の前の壁をゴキブリが這っていく。ぎょっとして飛び起き、炬燵(こたつ)の上の殺虫スプレー缶を手に取った時、足下で何かが蠢くのが見えた。ムカデだ！　とっさに飛び退き、ムカデにスプレーを吹き掛けるM。次の瞬間、ムカデがもんどり打ってのたうち回り、荒波のように身体をうねらせながら飛び跳ねるようにして苦しみ始める。その苦しみ方に驚愕し、目を見開いてその様を見やるM。自分が何かやってはいけない事をしてしまったような、取り返しの付かない事をしてしまったような、そんな感覚を覚える。ムカデの苦しみ方に、自分の苦しみを投影させたのかも知れない。そんな苦しみを与えてしまった自分を嫌悪したのかも知れない。罪悪感が芽生えたのかも知れない。

一気に目が覚めてしまった。ムカデはまだもんどり打って苦しんでいる。その様子から目を背けるようにして洗面所に向かい、鏡の中の自分を眺めるM。老けたな、とても二十六歳の若者には見えない。三十代と言われても四十代と言われてもおかしくないほど老け込んだ自分の顔がそこに映っていた。疲れた顔だ。完全に疲れている人間の顔だ。それも仕事やプライベートでちょっと疲れた人間の顔じゃない。人生そのものに疲れている人間の顔だ。暗さが滲み出ている。最近笑ったのはいつだろう、そんな事を考えながら笑顔を作ってみる。不自然な笑顔だった。自分の笑顔のぎこちなさに、人生が投影されているようで、鏡の中の自分を睨み付ける。こっちの顔の方が自然な気がした。違和感がない。怒ったり、ふて腐れたり、そういう顔の方がシックリくる。そんな顔なら何度もしてきた。そんな事を考えながら、しばらく笑顔の練習をした。口角を上げて、目尻を下げる。シワが気になる、不自然な笑顔だった。どのくらいそんな事を繰り返したろう。洗面所を出ると、ムカデは既に息絶えていた。苦しみは去ったようだ。それにホッとしたMは、炬燵に入るとスイッチの入っていないテレビに目を向ける。暗いブラウン管に老けた男の顔が映っている。笑ってみたが、笑顔には程遠い顔が映るだけだった。会社に行くにはまだ早い時間だったが、他にやる事がないのでMはスーツに着替え始めた。

昼休みになるとMは会議室を覗いた。会議室には誰もいなかった。それを確認してから足を踏み入れると、朝コンビニで買ったパスタをテーブルに置く。みんなは昼休みだというのにまだ仕事に追われているようだ。Mだっていつも時間通り昼休みが取れるとは限らない。今日はたまたまだ。この会社はとにかくやる事が多い。仕事量が半端ない。今日は運が良かった。というよりタイミングが良かっただけの話だ。そんな事を思いながらパスタを口に運ぶ。すると、外出から帰ってきた編集長と、Mと同期の企画課の新人社員が弁当をぶら下げて会議室に入ってくる。

「お、Mッチー、一人でご飯かよ」と声をかけ、同期社員が向かいの席に座る。

「コンビニで買ってきたの？」とMの隣に腰掛けながら編集長がパスタに目を向ける。

「まあ……」Mはどちらにともなく答えながら、パスタをすする。

「Mッチー、いつもコンビニだもんな」と同期社員。

「そうなの？　お弁当作ってくれる彼女とかいないの？」と編集長。

「いないでしょ、Mッチーには」と、同期社員がすかさず声を張り上げる。

「今度作ってきてあげようか？」と本気なのかどうなのか分からない事を編集長が口にする。

「いや、大丈夫です」Mはキッパリと遠慮した。何だかめんどくさいからだ。

「家でもろくな物食べてないんじゃないの？」と編集長が心配を口にする。Mは無言でパスタをすする。

「そのパスタ、冷たいだろ」と同期社員がMのパスタを覗き込む。

「あら、ホントだ。温めてこなかったの？　この会社レンジないからね」と編集長もMのすするパサパサのパスタを眺める。

「朝買ってきたので」と答えながら、Mは居心地の悪さを感じていた。誰かと一緒にご飯を食べるなんて、いつ以来だろう。「レンジとかめんどくさいですし」とMがボソボソと答えながら顔を上げると、制作課の女の子が弁当箱を片手に会議室を覗いていた。Mと目が合う。すると、「あ、私も一緒に食べようかな」と言って会議室へと入ってくる。

「来なよ」すかさずMの同期社員が手招きする。Mは早くこの場を立ち去りたかった。だから必死にパスタをすすった。Mの同期社員の隣に座ると、制作課の女の子が弁当を広げながらMに笑顔を向ける。

「Mさんと話すの、初めてですね」

自然な笑顔だ。その笑顔が眩しかった。Mはパスタを胸に詰まらせながら、「そ、そうですね」とだけ答えた。

「あら、そうなんだ」と編集長がMと制作課の女の子の顔を交互に眺めながら弁当箱の中の唐揚げを頬張る。Mは既にパスタを平らげていた、が、立ち去る雰囲気ではなくなってしまった。

「Mさんて、普段家で何してるんですか？」と制作課の女の子が訊ねる。同期社員と編集長もMの顔に目を向ける。

「いや……、特に何もしてません」とM。

「何もしてないって何だよ。何かはするだろ」と同期社員がツッコミを入れる。

「洗濯したり、買い物したり」とMが思い出しながらボソボソと言葉にすると、

「Mさん、家で鏡とか眺めてそう」と制作課の女の子が無邪気な顔で口にする。

「は？」とM。

「鏡眺めてそう、て何？」と編集長が笑う。

「ナルシストって事？」と同期社員が茶々を入れる。

「いや、そういうワケじゃないけど、何か鏡とか眺めてそうなイメージ」と悪意のなさそうな

笑顔を浮かべながら制作課の女の子が話を続ける。

「確かに、眺めてそうだな」と同期社員が同意する。

「眺めてるの？」と編集長がＭに訊ねる。

「鏡ないです、うち」とＭは嘘をつく。

「うそぉ、絶対あるよ」と制作課の女の子は断言する。Ｍは薄気味の悪さを感じていた。この子は、俺が家で鏡を眺めている事を知っているのか？　そんな疑問が頭に浮かぶ。なぜなら、話に脈絡がなさ過ぎる。脈絡があるとすれば、自分が毎日鏡を眺めているのを知っていて、ワザとその話を持ち出したようにしか考えられない。

「鏡くらいあるだろ」と同期社員がＭに話を向ける。

「うちにはないです」と言いながらＭは席を立つ。「仕事に戻ります」

「あら、もう少しゆっくりすればいいじゃない」と編集長が声を掛ける。Ｍは誰にともなく頭を下げて出口へと向かう。

「もう行っちゃうの？」と制作課の女の子が残念そうに口にするが、「すみません」と言ってＭは歩き去った。鏡はある。そして最近、毎日のように鏡を眺めていた。別に自分がナルシストだとは思わない。自分の顔に興味があるわけでもない。ただ自分の表情が気になるだけだ。だから鏡を見る。笑顔も作る。でも、その事実を認めるのがなぜだか躊躇（ためら）われて、Ｍは嘘をついた。薄気味の悪さを感じながら。

Mの書き込み五

井の中の蛙大海を知らず。
それでも俺は海に出る。

海は荒れている。
たくさんの人が泳いでいる。
理不尽な波が押し寄せる。
皆、必死に泳いでいる。
その誰もが、苦しんでいるように見える。
これが世の中。

か？

ふふふ。

環境は自分で変える事もできるのだ。
おもしろいと思った。
どんな嵐でも荒波でも乗りこなしてやる。
たとえ泳げなくてもだ。
死にさえしなけりゃ、そのうち体が勝手に泳ぐ。
泳ぎ方を体が覚える。
苦しみなんて、それまでの辛抱だ。

人は皆、人生を体で覚える。
言葉も、優しさも、冷たさも、防御も、攻撃も。
愛情を与えられずに生きてきた人間は、他人に愛情を与える事もできないだろう。
虐待をする人間の多くは、自分も虐待された経験があるとか。
人は理屈通りには生きられない。
体で覚えてきた事以外に、人にしてあげる事などできないのかも知れない。

俺にはできない事が多過ぎる。
それでも、人は成長する生き物だ。
俺は絶対に諦めない。

正直ビビる。

が、俺は自分がビビっている事にビビらない。

想像　実践実践実践実践　その、繰り返し。


そんで今からだ。

ここからだ。

いつだって、そうだ。

諦められてる

ホントに井の中の蛙だよなあいつ。

今いくつだよ？　世間知らずもいいとこだよな。

嵐の中で泳ぎ方なんか覚えられるかよ。普通、死ぬんだよ。そのまま溺れて死んじゃえよ。

環境を変えるって、この会社の事？

さぁ。

お前のやる事じゃねぇし、お前にできる事でもねぇし。

そんでまた勝手にビビってるし。何にそんなにビビってんだか。小心者が。くだらねぇ。


朝礼後、制作課の課長が突然Mに話しかける。

「しかしよく一人で繁華街の風俗とかキャバクラとか行けるよな。ぼったくりとか怖くないの？」と。周りのみんなに聞こえるような大声でだ。

「はい？」とMは素っ頓狂な声を返す。皆の目が二人に向けられる。

「いい度胸してるよ」と制作課の課長が続ける。Mは何と答えていいのか分からずに突っ立ったままでいた。

「そういうの度胸っていうのかね」Mの同期社員が口を挟む。

「小心者には行けないよ」

「そうかな」

「そうだよ」

Mは固まった。再び薄気味の悪さに取り憑かれながら。話の脈絡は、分かった気がする。自分がビビリで小心者と揶揄（やゆ）されているのを聞いて、きっと制作課の課長は自分を庇（かば）ってくれたのだろう。そんな事はないと、Mはいい度胸をしている、と。みんなの前で、みんなに聞こえるように。みんなのヒソヒソ話の内容は、Mにも薄々分かっている。自分がみんなからどう言われているのか、どう思われているのか、Mはちゃんと理解しているつもりだ。そんな自分を、制作課の課長は庇ってくれたのだ。Mは決して小心者ではないと。いい度胸をしているのだと。それは嬉しい行為なのかも知れない。有り難い事なのかも知れない。ただ、なぜ自分が繁華街に出て風俗やキャバクラに行っている事を制作課の課長が知っているのか。Mはそこに薄気味の悪さを感じていた。そんな事、誰にも話した覚えはない。もちろんホームページに書いた事もないはずだ。それをなぜ制作課の課長が知っているのか。そしてまるでMが風俗やキャバクラに行っているのが当然の事のように話が進んでいる事が、Mを更に不気味がらせた。Mが風俗やキャバクラに行っている事を知らない人がいれば、「Mって風俗とかキャバクラとか行くんだ？」というような質問が飛ぶはずだ。でもそんな事は誰も聞いてこない。まるでそれが周知の事実のような流れで会話が進んでいる事にMは戦慄を覚えた。

「今度いい風俗紹介してくれよな」と部長がMの背中をポンと叩く。「さあ仕事仕事」みんなが散っていく。Mはその様子を呆然と眺めていた。

「お前、風俗とかキャバクラとか行くんだな」Mの背後から声がする。

「え？」驚きながら後ろを振り返ると、そこにはヤッさんがいた。

「ちょっと意外だったが、まあ男として正常だ」そういいながら自分の席へと向かうヤッさん。状況を把握しきれないままMはその場から動けなかった。

午前十時、オフィス。受話器を片手にチラシを広げ、そこに赤ペンを走らせているM。電話でスーパーマーケットのチラシの紙面の打ち合わせをしているところだ。主任から引き継いだチラシの仕事、自ら手にした仕事ではないが、相手は会社にとって、いや、自分にとっても大切なお客様だ。何もかもが初めての経験であり、元々電話や言葉のやり取りに苦手意識を持っているMは、簡単な打ち合わせにもどこか必死さを窺わせる。緊張気味に顔が強張り、時折言葉に詰まったり、どもったり、同じ事を何度も聞き返したりしている。

「かしこまりました。では紙面を修正しましたらまたファックスでお送りしますので、確認して……、ご確認いただければと思います。はい、ありがとうございます。し、失礼します」そう言って電話を切り、ペンを入れた紙面を制作部屋に持ち込む。制作部屋では、制作課の社員たちが、それぞれの仕事をこなしている。縦にも横にも体の一番大きな社員に、Mが話しかける。チラシは主にその人が担当していた。

「あの……」

「ん？」

体の大きな社員は、顔だけを傾け、仕事の手を止めるのがめんどくさいとでもいうように返事をする。忙しいのだ。

「チラシの修正入りました。夕方くらいまでにお願いします」

「夕方くらいってどのくらい？　五時くらいでいい？」

「はい、そのくらいで」

「わかった」チラシを受け取り、仕事を再開する体の大きな社員。

「じゃあ、行ってきます」とその場を立ち去ろうとするMに、「どこ行くの？」と言葉を返す。

「いや、テレアポさんが取ったアポを急遽回してくれたので、というより行ける営業マンが誰もいないみたいで、急遽僕が行く事になりました」

「部長も主任もさっきまでいたけどな」仕事の手を休めずに、大きな体でそう呟く。

「今もいますよ」

「へぇ……、行ってらっしゃい」自分から聞いてきたくせに、興味など欠片(かけら)もなさそうだ。

「はい、行ってきます」小さく頭を下げ、その場を後にするＭ。


Ｍの商談は五分で終わった。いきなり値段を聞かれ、説明したところ、一番小さい枠の最安値でさえ高過ぎると言われたのだ。しかもモデルルームの広告ばかり掲載されている雑誌に、こんな小さな食堂の広告を載せても効果は期待できないと指摘された。それに対して何の返し文句も思い付かず、撤退してきたのだった。こんなんだからロクなアポを回してもらえないのだ、と帰りの車の中でＭは思った。契約になりそうなアポは、全部主任か、部長か、時には社長、編集長が営業としてお伺いしていた。自分には、契約に結び付けるにはとても困難な、可能性の低い内容のアポばかり回されている事に、Ｍは入社して早々に気付いていた。要は期待されていない、戦力として考えてもらえていないという事だ。まあ、そういうアポで商談を重ねさせて、少しでも経験を積ませようという狙いがあるのかも知れない。それは仕方のない事だと思う。自分が上司でもきっとそうするだろう。取れる契約は確実に取っておくべきだ。でも、いつまでもこのままではいられない。自力で何とかしなければ。アポは自分の力で取ってやる。自分が契約を上げるにはそれしかない。今に見てろよ、必ず戦力になって、全員見返してやる。そう意気込んでいた。

商談は五分で終わったにもかかわらず、Mの帰りは遅かった。入社して一ヵ月、まだ道が覚えられないのだ。出かけるたびに迷子になった。お陰でお昼を食べ損ねた。夕方前にオフィスに戻ると、制作部屋から言い争いが聞こえる。

「何でやってくれないんだよ！　やってくれよ！」

「無理だよ。できないよ」

「何でできないんだよ！」

「やってる時間ない」

「何で！」

「今の人数じゃ無理だよ。体制に無理がある」

「じゃあ人増やそうよ」

「社長に言ってよ」

「何だよ！　もう！　あったまくるなホント」そう言いながら制作部屋から飛び出してきて、Mの隣の席に座るのは企画課の新人、Mの同期社員だ。Mを見るなり攻撃的な視線を投げかけ、いい腹いせの相手が見つかったと言わんばかりに口を開く。

「あ、Mッチー、どこ行ってたんだよ」

「商談です」

「お前、今日社長の営業に同行する予定だっただろ。二時に社長と行く商談すっぽかしただろ」

「あっ……」そう言われ、一瞬でそうであった事を思い出すM。

「お前、社長カンカンだったからな。連絡しても連絡取れないし、お前が準備していく予定だったから資料も何も持たずにお客さんのところに行って、何もない状態で営業するはめになったって言ってたぞ」

「そう……すか」Mは商談の時から今の今まで、携帯の電源が切りっ放しになっている事も思い出した。

「そうすかじゃねぇよ！　何やってんだよMッチー。シッカリしろよ！」そう言われ、軽く首だけで会釈をしてパソコンを立ち上げるMに同期社員の小言はやまない。

「まったく反省してねぇだろお前。せっかく社長が同行させてくれるって言ってんのに。他の人の営業見て少しは勉強しろよ。営業の事何も分かってないんだから。だから契約取れねぇんだよ」

　無言のまま何度も首だけで頷いてみせるM。

「社長呆れて、まあMだからしょうがないか、て言ってたけどな。Mだからしょうがないか、って、もう諦められてんじゃゃないの？　まあ契約にはなったらしいけどね。良かったな。ただでさえなかなかページ埋まらないんだからさ、あんまり会社の足引っ張んなよな」同期の一言一言に、ただただ無言で頷いているだけのM。資料も何も持たずに営業して、契約って取れるもんなんだ、凄ぇな。そんな事を考えながら。

Mの書き込み六

動作がトロイ。

頭の回転が鈍い。

物忘れが激しい。

言葉がうまく出てこない。


俺はいつからこんな状態になってしまったのだろうか。


そうか！

俺はいつしか自分が分からなくなって、自立心だけ旺盛な赤ちゃんになってしまったのだ。

今の俺は、赤ちゃんだ！


こうなっちまったもんは仕方がない。

今更どうしようもない。
嘆いたところでどうにもならない。

遠慮なく、ウンコ漏らします！
ウンコ、垂れ流します！

もし、今の俺が復活できたなら、こんな状態の人間が、人としてまともになれたなら、ちゃんと機能できたなら、声を大にして、こう言ってやろう。

人の数だけ可能性。

どんな人間にだって、可能性はあるという意味だ。
そんで今からだ。
ここからだ。
いつだってそうだ。
前進あるのみだ。

絶望に心を閉ざすことなく、

自分の可能性を信じて進め。

繋がっていくしかない

どういう事？　俺たちにケツを拭けって事？

仕方がないって何？　何なの？　あいつ今何歳？

いつからこうなったって、初めからだろ？

あいつに可能性なんかあんのかよ。

勘弁してくれよ。面倒見切れねぇよ。


会議室。地図を広げ、何やら悪戦苦闘しているMにヤッさんが声を掛ける。

「もう十時過ぎてるぜ。まだ仕事していくのかい？」

「うん、夜の内にやっておかないと、昼は営業回らなきゃならないからさ」地図に目を落としたまま、Mが答える。

「何やってんだ？」

「ポスティング事業の、エリア分けの修正」

「ポスティング事業？　何で営業のお前がそんな事やってるんだよ」

「他にやる奴がいないからだよ」

Ｍの広げる地図に目を落とすヤッさん。

「終わりそうかい？」

「いや、終わる気がしない」

その言葉を聞き、鞄を下ろすヤッさん。コートを脱ぐ。

「手伝うよ」

「いや、いいよ。ヤッさんは帰りなよ。明日の仕事に響くよ。営業なんだからさ、疲れが顔に出たらヤバイよ。目の下に隈でもできたらどーすんだ」

「それはお前も同じ事だろ」

「俺はいいんだよ。誰からも期待されてないし」

「それは俺も一緒だがな」

地図上にペンで線を走らせていくＭ。制作部屋を覗き込みながらヤッさんが口を開く。

「制作の連中もまだ残ってる奴がいるな」

「うん、毎日深夜までいる人もいるよ」

「マジか？　残業代も出ないのによくやるぜ。しかしどうなってるんだ？　この会社は。八時には帰っちまう奴もいれば、終電がなくなるまで残っている奴もいれば、メチャクチャだな」

その言葉に顔を上げるＭ。

「この会社はね、気の弱い奴と人のいい奴はバカを見るんだ。仕事が回ってきたらハッキリと断らないと、どこまでも仕事を任されちまう」

「なるほど、弱みを見せたら付け込まれる、いいように利用されるってワケか。舐められたら終わりなのはヤクザの世界と変わらねぇな」

「どんな世界も一緒だよ、たぶん。悲しい事に」再び地図に目を落とすM。

「そんでポスティング事業とやらをお前が任されてるわけか」

「そんなところだね」

「お前も断った方がいいんじゃないのか？　その仕事。お前の仕事量も相当なもんだ。一度怒った方がいいぜ。無理だっつって」

「俺に仕事を断るという選択肢はない」

「何で」

「仕事ってのは誰かがやらなければいけないものだ。誰もやらなかったら回らなくなっちまう。進まなくなっちまう。俺から言わせてもらえば、仕事を断る奴の気が知れないよ。無責任なんてもんじゃねぇ」

「まあ、それはそうかも知れないが。でもできもしねぇ量の仕事を任せるってのも、それはそれで無責任なんじゃないかと俺は思うが」

「その通り。この会社は無責任なんだ。みんな頑張ってるし、誰一人手を抜いてる人はいない。できる限りの範囲においてみんな真剣に仕事をこなしているよ。それでも仕事を回せない。全員カツカツだ。だから仕事の擦(なす)り付け合いが起きるし、他人の事なんてどうでもいいと思ってしまう。みんな自分を守るのに必死なんだ」

「誰かが倒れたらそれこそ仕事なんか回せないぞ。どうするつもりだ？」

「代わりなんていくらでもいると思ってるんじゃないか？」

溜息をつくヤッさん。

「嫌な考え方だな」

「だからぶっ倒れるまで俺は仕事をするつもりだ」

「ぶっ倒れるまで？　バカなこと言うなよ」

「人が潰れるってのが会社にとってどういう事なのか、思い知らせてやるいいチャンスだ」

ヤッさんがさっきよりも大きな溜息をつく。

「そんな考えだからどんどん仕事を押し付けられるんだ。ハッキリ言って舐められてるぜ、お前」

「人を舐め腐る奴なんて、人としてたかが知れている。いちいち相手にするほどのもんじゃないさ」何でもない事のようにそう話すM。

「そうかい。ところでお前、時折仕事中にボーっとしてる事があるが、あれは一体どういうワケだい？　社長や誰かが話をしている時に、まるで聞いてねぇ時がある。うわの空というか、まるで自分には関係ない、そんな態度に見えるぜ。心ここにあらずだ。そういう時は一体何を考えてるんだい？　そういうところから信用というか何というか、人間性を疑われちまうんだ」

「ああ……、それはね……」中空に目をやり、考えを巡らせるM。「わざとじゃないし、何も考えてないよ」

「何も考えてない？」

「うん、あれはね、意識がトンでるんだ。思考がトンじまう」

「何だい？　そりゃ」

「俺は精神やられてるからな。知らないのか？　本当に精神病んでる奴なんてそんなもんだぜ。ボーっとなったり、集中が途切れたり。今だって、この仕事やりながら何度意識がトンだ事か」

「精神病んでるとか、精神異常とか精神が分裂しているとか、自分でそういう事言ってるから見下されたり、バカにされたりするんじゃねぇのか？」

「事実を言ってるだけだ。今の俺は追い込まれてるからな」

「追い込まれている？　何にだよ」

「人だ、世間だ、世の中だ」

「世の中？」

「ああ。人を追い込むのはいつだって人だし、人を救うのも人だ。奴らの態度、言葉、扱い、視線、興味、敵意、悪意、偏見、甘え、エゴ、依存、無関心、そういうもの全てに俺は追い込まれている。見てくれ、この俺の無残な姿を。意識はトブ、集中力の欠片もねぇ、動作は緩慢、笑顔はぎこちねぇし、言葉もうまく出てこねぇ、自分を失い、内心は見た目以上にズタズタだ。精神が破壊されてる。崩壊している。この世は地獄なんじゃないかと思うくらい、今の俺はどん底にいる。疲れ切っている。ダメージは相当なものだ。だから時々何も考えられなくなっちまう、思考がどこかへトンじまう。少しでも気を抜こうもんなら、無意識の内にだ」

「何がどうなってるのかは知らないが……、病院には行ったのか？」

「行ってない。行く必要はないからね」再び地図に目を落とすM。

「行く必要はないって、何でそう言い切れるんだ？　一度専門家に診てもらった方がいいんじゃないのか？」

「行っても無駄ですよ」別の声が答える。声のした方向へと顔を向けるヤッさん。声の主は闇医だ。会議室へと入ってくる。

「病院に行ったところで、病名を下され、薬を処方されて終わりです。そしてMは一生病気と付き合って生きていく事になるでしょうね。重度の精神疾患は一生治らないとする『専門家』もいますから」と闇医が続ける。

「本当に精神異常なのか？　と俺は聞いてるんだ。精神が分裂している？」

そのヤッさんの問いに、Mが地図から顔を上げて答える。

「症状だけ見れば間違いないよ。意識がトブだけじゃない。精神をやられているだけじゃない。誰かに監視されているような気がする、プライバシーが覗かれているような気がする、外に漏れているような気がする、それを精神科医に話したら、間違いなく妄想性の精神異常だと診断される」

「誰かに監視されているような気がする？」眉を寄せ、怪訝そうな表情を浮かべるヤッさん。

「うん、初めは自分がおかしいのかと思った。でも、最近になって、周りがおかしい事に気付き始めた」とMが語る。

「周りがおかしい？」

「うん、この会社に入って、それは俺の妄想なんかじゃなく、実際に俺の身に起こっている事なんじゃないかと思うようになったんだ」真剣な表情でそう話すM。

「どういう事だ？」

「この会社に入る前から、俺は誰かに付け狙われてるような気がしていた。俺の行く先々で、誰かが俺を観ている、知らない人間が俺を知っている、有名人でもないのに、そういう感覚に陥っていたんだ。そんなはずはないと、自分に言い聞かせていたけどな。でもこの会社に入って分かった。俺のプライバシーは盗聴、盗撮されている。俺は誰かに監視されている」

腕を組むヤッさん。Mの顔を見つめながら口を開く。

「それは気のせいなんじゃないのか？　分かったって、何を根拠にそう思うんだ？」

「社長や、俺が入社してからのみんなの態度だ」

「社長やみんなの態度？」

「そう、俺がこの会社に採用された理由は何だと思う？」

「さあ、それは知らないが」

「ハングリーだからだ。社長がそう言っていたと、主任に言われたよ。初めて社長に会った時、つまり面接の時、社長は俺の事をそう評価し、判断を下した。俺も手応えはあった。社長の話に、真剣に耳を傾けていた時だ。社長が俺に喰い付く瞬間が分かった。面接が終わった時、俺は、ああ採用されたな、と確信した。社長は俺に対して、真剣に話をしてくれたし、俺も真剣に話を聞いた、お互い本気だった。社長にはそれが分かった。だから社長は俺を採用する事に決めたんだ」

「ほう」ヤッさんが感嘆の息を漏らす。

「でも二回目に会った時、つまりこの会社に入社した時、社長の態度に違和感を覚えた」

「違和感？」

「そう、社長の俺を見る目、空気というか、雰囲気というか、何とも言えないそういったものがおかしく感じられた。まるで子供でも相手にするかのような、どこか俺を下に見ているような、そんな態度が垣間見えた。対等であったはずなのに、まるでそんな気がしなかった。入社した時のみんなの態度だってそうだ。まるで余計な先入観とでも言おうか、いらない俺の情報が、事前にもたらされたかのように、最初からおかしな偏見の眼差しで見られていた」そこで一旦話を切るM。しばらく考えを巡らせるようにして声を漏らすヤッさん。

「それは、お前が自分のホームページで、自分の事を精神異常とか、世界平和がどうとか紹介したからなんじゃないのか？　みんなに対して自ら偏見や先入観を植え付けてるようなもんだぜ」

「それはあるかも知れないと思って、俺もそれは考えたんだ。でも、それだけじゃない気がする。それ以外の何かを感じる……。うまく説明できないけど、俺が自分をそう紹介したのにはちゃんとワケがあるんだ。そこにはちゃんと、狙いがあるんだ」

「ほう。どんな狙いがあるんだ？」

「それは説明できない、というか、今の俺にはそれを説明する能力がない。今の俺の現状というか、力というか、とにかく今の俺では、それをうまく人に伝える事は難しい。語彙力なのか、表現力なのか、何かしらの経験が足りないのか、何が足りないのかすらよく分からないけど、とにかく、まずは知ってもらわなきゃ始まらないと思ったんだ。俺の事、というか、俺の内面、というよりも、人の内面だったり、それにまつわる色々な事……というか」

「ほう」

「だから、ある程度の予測はできるんだ。だって、自分でわざとそう仕向けてるわけだから。どの程度の偏見を喰らって、どの程度の扱いを受けるかなんて事はちゃんと予測した上でやっている。もちろんその予測が全て当たるなんて思ってないし、そんな事は不可能だなんて事もちゃんと分かってる。でも、それでもある程度の想定はできる。けど、俺のホームページを見ただけじゃ起こり得ないような違和感というか、ズレというか、そういうものを感じるんだ」

「……ふぅ〜ん、……なるほど……。ふむ。という事は、どういう事だ？」

「事実、俺は誰かに付け狙われている。何かを使って俺を監視している奴らがいる。そしてそいつらが社長やみんなに、俺に対する別の先入観や偏見を植え付けたって事だ」きっぱりと断言するMの真剣な表情に、再び考えを巡らせるヤッさん。

「しかし、誰が何の為にそんな事をするんだ？」

「俺が聞きたいよ、そんな事。でも事実。この会社に入ってから、いや入る前から、おかしな事が多過ぎる」Mの口調は断定的だ。

「仮にそうだとしても、やっぱり一度医者に診てもらえ。精神をやられてるんだろ？　だったら専門家に相談するのが一番なんじゃないのか？」

「無駄ですよ。さっきも言った通り、病名を下されて、薬を処方されるだけです」冷静な口調で割って入る闇医。

「闇医、お前は一体何者なんだ」ヤッさんが闇医の方へ身体を向ける。

「僕も昔精神を病んだ事があります。僕は鬱病でしたけどね」

「お前もかよ」

「今は社会全体が病んでいます。病んでいる人間はどこにでもいる。珍しい事じゃない」

「それはそうかも知れないが……。で、鬱病だったあんたが何でMの病院行きを止めるんだ？」

「僕の鬱病の原因は明らかでした。中学校時代のイジメです。同級生のイジメにより、僕は精神に異常をきたしました。明らかに様子のおかしい僕を病院に連れて行ってくれたのは両親です。精神科医は僕を鬱病と診断し、薬を処方しました」

「ほう。それで？」

「僕は自分がこうなった事の原因を話しました。精神科医は同情する素振りは見せたものの、僕の為にしてくれた事と言えば、話を聞き、薬を処方する事だけでした。病状が改善しないとみると、薬を増やしたり、新薬を試したりしました。でもそれだけです」

「それだけ、というのは？」

「言葉のまんまです。今の精神医療なんて、大抵そんなものです。原因が明らかに分かっていたとしても、根本的な解決など目指しません。話を聞いて、病名を下して、薬を処方する。それだけです。まるで薬を飲んで、その原因に対抗できるだけの精神力でも身に付けろ、薬の力を借りて、その原因に耐え得るだけの強さでも身に付けろ、と言わんばかりに。治るわけがない。カウンセリングなんていうのもありますが、多少は気持ちが和らぐかも知れない、楽になるかもしれない、でも、あれだって根本解決には程遠い。自分の心の整理、心の分析、根本原因を探るという目的でなら、役立つかも知れませんけどね」

「……今も、鬱病なのか？」

「今はもう治っていますよ。もちろんこの病気に完治なんてありませんし、一般的には寛解(かんかい)といいますが、僕はもう治っています。もし、僕がまた鬱を発症したとする、でもそれは同じ事が原因では有り得ません。それについてはもう、僕は乗り越えたのですから。だから、それは全く別の病気と言えるでしょう。僕はもう治っている。ただし、僕が治ったのは薬のお陰なんかでは断じてない。精神科医のお陰なんかでは断じてありません」

「何のお陰なんだ？」

「イジメがなくなった、それだけの話です。父親が、会社に転勤を申し出て、転校する事ができたのです。新しい学校の人たちは本当に親切でした。転校生の僕を心から歓迎してくれて、仲良く接してくれました。僕は徐々に明るさを取り戻し、いつしか学校が楽しくなりました。僕が元気になった事を、両親は心から喜んでくれました。もちろん、心の傷がすべて癒えたワケではありませんでしたが、それも含めて喜んでくれたと思いますし、僕を理解してくれたのだと思っています。そのお陰です。心を病む原因なんて、大抵の場合、周囲の人間たちの理解のなさです。少なくとも僕はそう思います。誰だって自分の気持ちを理解して欲しいと思いますし、大事にして欲しいと思うものです。理解のなさとは、無知や偏見からくるものがほとんどだと思います。そして無知や偏見のほとんどが、経験や想像力のなさからくるものだと僕は思っています。僕は周囲の人たちに理解されました。心の苦しみや、その原因を。その学校の友達も、僕が前の学校でイジメにあっていた事を知っていて優しくしてくれたんです。みんな僕の気持ちを考えて、理解してくれたんだと思います。その上で接してくれた。だから僕は治った。少なくとも、薬なんか飲まなくても日常生活に何ら支障のないくらい、穏やかな精神状態を手に入れる事ができたのです」

「つまり、精神病院なんかに行っても、何の解決にもならないって事か」

「その通りです。今の精神医療なんてものは、研究と知識の産物です。心の病気なのに、心の中を診ようとはしません。薬で脳を操作しようとさえしている。脳の物質がどうだとか、成分の分泌がおかしいとか。まるでお前の脳ミソがおかしいのだと、周りの態度や扱いではなく、お前の頭がおかしいのだと言われているような気分でしたよ。理屈で病気を理解して、患者を理解しているつもりになっている精神科医も多い。理屈で人の気持ちは測れません。お勉強ばかりして、知識を詰め込んだだけの人間に、人の内面を診るなんて事は不可能です。もし頭がおかしいというのなら、そんな真似を繰り返し受け続けた事によって起きた体の現象でしょうね。そんな扱いを受けて、おかしくならない人間の方がおかしい。原因と結果がバラバラだ。やってる事がメチャクチャ過ぎて、そんな仕事なら、ハッキリ言って知識さえあれば誰にだってできますよ。心の治療というには程遠い、僕はそう思っています」

「手厳しいな。じゃあどうすりゃいいんだ」

「繋がっていくしかない」とMが即答するように言葉を発する。

「繋がっていく？　どういう事だ？」ヤッさんが訊ねる。

「できる奴が、できる事をする。できない事は、できる奴に任せる。そうやって、世の中のあらゆる機関、組織、団体、そこに属する色んな人間たちが連携して、無数に繋がっていくしかない」

その言葉を聞き、考えを巡らせながら眉間にしわを寄せるヤッさん。

「どういう状況？」

「理解できる人間が理解できる事を理解して適切な行動を起こしていくしかないって事さ」

もう一度頭を悩ませるヤッさん。

「どういう事だ？」

「分からない」即答するM。

「分からないのかよ！」ツッコむヤッさん。

「分からないというか、説明するには難し過ぎる。まあ、無理だろうね、今のままじゃ。何一つ機能できないと思う。まったく闇医の言う通りだぜ。このままいくと、世の中精神病患者は増える一方、減るなんて事はまず考えられねぇ。人が病もうが苦しもうが誰も何も解決なんかしちゃくれないからな。人の気持ちも考えない、自覚のねぇイカれた連中のクソ行為と、それのお陰で精神がイカれちまう哀れな人間たちとでこの世は溢れかえる。まるで合わせ鏡だ。危機感しか覚えねぇよ、俺はな」Mが目をギラつかせながらそう言い放つ。

「じゃあ、つまり、その誰だか分からない連中がお前への監視行為をやめない限り、お前の病気は治らないって事か？」Mの方へ向き直るヤッさん。

「その通り。まあ俺が病んでいる原因はそれだけじゃないけどね。でも、この行為が更に俺を追い込んでいるって事だけは確かだ」

「そうか……」俄には信じられないといった表情のヤッさん。悔しさ、怒り、歯痒さ、やるせなさ、様々な感情の入り混じった表情で地図を見下ろしながら、仕事を再開するM。

やる事やってる

土曜日の夜、仕事終わりにMは営業車で繁華街へ乗り付けた。そこには女の子が待っていた。待ち合わせをしていたのだ。女の子が助手席に乗り込んで、車の中を見渡す。後部座席に雑誌の束が積まれているのを見て、女の子が訊ねる。

「何の雑誌？」

「ああ、うちの会社で発行してるタウン誌。読む？」

「ふ〜ん」女の子は雑誌に手を伸ばしかけてから、「別にいい」と興味を失ったように前を見る。その横顔を見ながらMは車を発進させる。

「ホントに美味しいの？　そのハマグリ定食」Mの顔に目を向けながら女の子が質問する。

「うん、今まで食べた定食の中で一番美味しかったよ。まあ今から行っても開いてないと思うけどね、お店。こんな時間だし」とMが笑う。

「いいよ別に。海に行きたいから」と女の子が返す。

女の子はMがよく行く風俗店の風俗嬢だ。Mはキャバクラや風俗店へ行くと必ず女の子を店外デートに誘う。海沿いにある定食屋のハマグリ定食が美味しいから一緒に食べに行こうと。

馬鹿の一つ覚えみたいに、いつも同じ文句だった。Mは毎回本気だったが、そんな誘いに乗る女の子はいなかった。もう何人にそんな声をかけただろう。なぜ、そんな事をするのかといえば、孤独を紛らわす為だ、と思う。Mは寂しかった。いつも一人でいる事が。心を開ける人間もいない。心を許せる友人もいない。キャバクラ嬢や風俗嬢に、そんな心の癒やしを求めていたのかも知れないし、それ以上の期待もあったかも知れない。孤独を紛らわせてくれるのなら、相手は別に誰でも良かった。そしてついに誘いに乗る女の子が現れて、今一緒に海へ向かっているというワケだ。

「明日はお休み？」女の子が訊ねる。

「うん、でも夕方には帰ってワイシャツをクリーニングに出さないと」ハンドルを切りながらMが答える。

「私も夕方から仕事だから丁度いいね」

「そうだね」Mは何を話していいのか分からなかった。女の子を楽しませる話術など自分にはない事は分かっている。それを悟らせまいとして平静を装う事も面倒くさかったし、でもわざわざその事を打ち明けようとも思わなかった。

「一人暮らししてるの？」と女の子が聞いてくる。

「うん」とだけMは答える。会話は続かない。少ししてから、「私はお店の寮にいるんだ」と女の子が自分の住処を打ち明ける。

「へぇ、寮があるんだ？」とM。

「うん」そこでまた沈黙が流れる。気まずいような、申し訳ないような気持ちになり、Mは会話を探すが何も思い浮かばない。

「海に着くまで、寝てもいい？」と女の子がMの顔に目を向ける。

「ああ、いいよ。仕事で疲れてるもんね」Mはそう言いながら、ホッとしたような、残念なような気持ちになる。

「着いたら起こすよ」

「うん。ありがとう」女の子はシートを倒し、横になる。この女の子が、自分の好みなのかどうか、Mには分からなかった。ただいつもの習慣のように風俗へ行き、出てきた女の子に声をかけただけだ。プライベートで話をする人間は、大抵風俗嬢か、キャバクラ嬢だった。Mは会話が苦手だ。できれば誰とも話したくない。気持ちは完全に引き籠もっていた。それでも誰かと話したくて街へ出た。ジッとなんかしていられなかった。結局孤独に耐えられないのだ。会話の練習も兼ねていた。今のままではダメになる。もっと人と接しなければ、もっと人と話さなければ、もっと人に慣れなければ、自分の人生は益々ダメになっていく。そう感じていた。それでもカルチャースクールや何か習い事をする気にはなれなかった。ただただ賑やかな繁華街に吸い寄せられるようにして足を運び、テキトーな店を探してそこへ入る、そんな生活を送っていた。暗い人生だ。何とか抜け出さなければ自分の人生に未来はない。そう思っていた。必ず切り開く、そう決意したのはいつの事だったか。

海を女の子と二人で歩いた。でもすぐに飽きたらしく、女の子はMをホテルに誘った。Mにも下心はあった。が、余りにも自然な成り行きに、うまくいく時っていうのはこんなもんかと、Mはまったくうまくいかない自分の人生を思いつつ、その流れに身を任せた。ベッドの中、口数の少ないMに対して、女の子は自分の事を話し始めた。十六歳の時に子供を産み、それに激怒した両親に子供を取り上げられ、勘当されたのだという。子供の父親、つまり相手の男には捨てられ、失意の中、別の男と暮らし始めるが、その男の暴力が酷くて一人逃げてきたのだという。今の街で暮らし始めて半年、未だにその男が追ってくるんじゃないかと怯えながら暮らしているという。女の子が話をしている間、Mは口を挟まなかった。ただ女の子の髪を触っていただけだ。女の子は次第に目に涙を浮かべながら話を続けた。

「今の目標はね、三十歳になるまでに一千万円貯金する事なんだ」と最後に女の子が笑う。Mも笑い返す。が、何がおかしいのか、Mには分からなかった。ただMが感じたのは、その人生の暗さだ。今のままでは壊れてしまいそうな、あまりにも脆く、明るい未来など想像もできない、その人生の行く末と、言い知れぬ孤独だった。孤独、だからこの子は自分の誘いに乗ったのかも知れない。この子も、自分と何も変わらない。このまま行けばダメになる。この子の人生はきっと暗いままだ。それでも明るく振舞おうとする女の子が切なくて、Mは女の子を抱きしめた。女の子も抵抗はしなかった。女の子を抱きしめながら、Mはこの世の闇を思い、そして決意を新たにする。

月曜日。Mの横を通る際に主任が発した言葉で、Mの顔面は蒼白になる。

「Ｍさんも何気にやる事はシッカリやってるんですね」

一瞬何を言われたのか分からなかった。しかし数秒後、薄気味の悪さがＭの全身を貫く。歩き去る主任の後ろ姿をＭは凝視した。一体何の事を言っているのか。心当たりは何もなかった。思い当たる節があるとすれば、風俗嬢との一件だけだ。やる事は、シッカリやった。誰も知らないはずの、夜の出来事。

Ｍの書き込み七

人にとって一番居心地のいい場所
それは恐らく
自分を理解し、在りのままの自分を受け止めてくれる相手の元

いつか夜のお店で出会ったシャブ中の女の子
完全に別世界にトンでいた
この世に自分の居場所はないとでもいうように
完璧なまでに心を閉ざし

入り込む余地などどこにもなかった

そして引っ越しのバイト先の豪邸で見かけた幼い子供
怖がっているようにしか見えなかった
怯えているようにしか見えなかった
好奇心旺盛なはずの子供が
ただただ俯き
家族の前で静止していた
怯えながらいい子にしている
そんな印象しか持ち得なかった
まるでお人形のようにじっとしていて
子供らしさなど欠片もなかった

一体何があったというのか
答えはいつも闇の中だ

誰かのエゴイズム
その一人一人のエゴイズムが

誰かのストレスや精神的負担を招き
社会全体のモラルを低下させる
その精神的負担が心のキャパシティを超えた時
人の何かが崩壊し
そこに一つの闇が生まれる
その一つ一つの闇により
病んだ社会は形成される

いじめ　盗聴　盗撮　痴漢　猥褻　売春　監禁　薬中
窃盗　恐喝　脅迫　収賄　横領　詐欺　偽造　略取
強盗　強姦　拷問　虐待　放火　誘拐　自殺　殺人
虐殺　殺戮　暴動　戦争　テロ　ｅｔｃ．

モラル地に堕ちようとも
神　沈黙を貫く

耐えてるだけでは救われない
根本的な解決が必要である

一人では抱えきれない問題を
独りで抱え込んだ時
人はぶっ潰れる
ぶち壊れる

足りないところだらけ

何が言いたいワケ？
あいつの人生、何があった？
自分を理解し、受け止めてくれる相手って、誰もお前なんか理解できねぇよ。
病んでるのはお前だろ。勝手にぶっ潰れろよ。
もう壊れてるしな。

社長の言葉に、オフィス全体がざわついていた。
「もう決めた事だ。決定事項だから」毅然とした態度でそう言い放つ社長。
社員全員が会議室に集められている。

「絶対無理だ」

「無茶だよ、この人数で」

反論しながらも、どこか諦めのムードが漂っている社員たち。

「そこを何とかしないとさ、やるしかないんだよ。文句言っても何も始まらない」

今まで隔月で発行していたタウン誌を、月刊誌にする、というのが社長の主張、いや、決定事項だ。社長の目には頑固さが漲（みなぎ）っている。溜息が会議室全体を包む。

「じゃ、俺は出かけるぞ。部長、後は頼む」そう言って振り返りもせずに会議室を出ていく社長。取り残された社員たちの目が、俯いて座っている部長に向けられる。それに気付き、恐る恐る、といった感じで顔を上げる部長。次々に口を開く社員たち。

「どうするんですか？　部長」

「日程的にも無理があるし、今の状態では体力的にも絶対無理です」

「ページも埋まらないよ？　絶対」

申し訳なさそうに部長が口を開く。

「すまん。止められなかった」

止められなかったって、止める気あったのかよ。いつも言いなりじゃねぇかよ。そんな視線が部長を捉える。

「取り敢えずやってみるしかないな。営業も募集かけてるし、明日一人入る事になってる」と部長。

「営業経験あるんですか？　そいつ」

「さあ、社長が面接したから」

絶対使えねぇよ。社長に面接させるなよ。ぶつくさと文句が溢れ出る社員たち。取り敢えずやってみるってどういう事だよ。一度月刊誌にしたらもう戻せねぇっつーの。絶対廃刊になるよ。

タウン誌に関わりのない社員たちは、自分には関係がないと思っているのか、口をつぐんでいる。それでも呆れ顔が見て取れる。その誰もがこの成り行きにうんざりしている。

日曜日、Mはオフィスにいた。お客さんが確認したいという原稿をファックスで送る為だ。Mの担当するタウン誌は、主に不動産の広告を扱っている為、客と休みが合わない。客はこちらが休日でも容赦なく、自分らの要求を述べてくる。そのタウン誌が月刊誌となった為か、制作部屋からも声が聞こえる。休みもなく仕事をしているのだ。また言い争っているようにMには聞こえた。

と、制作部屋から飛び出してきたのは、Mと同期の企画課の社員だ。Mに気付き、

「何だ、Mッチーも今日仕事かよ」と声を掛ける。

「お疲れ様です」と返すMの隣の机のパソコンを、立ったままで操作する同期社員。

「Mッチー、この会社で味方、誰？　この会社に味方、いるか？」と訊ねる。

「味方ですか？」と聞き返し、しばし思いを巡らせるM。

「俺も孤独だよ」と、答えを待たずにそう口にする同期社員。

「でもいいよな、Mッチーは、仲間が入ってきて」

「仲間……ですか？」

「この間入ってきたじゃん。仲間」

「ああ、新人の事ですか？」

「そう。あいつ、いつも手、震えてんじゃん。絶対病んでるよ。何であんな奴採用するんだよ。絶対採用しちゃダメだって。絶対使い物にならねぇよ。だって、手、震えてんだもん。営業なんか絶対無理だよ」そう言いながら自分の手を震わせる同期社員。

「うちは教育通信社ですからね。誰でも面倒見ちゃうんですよ」呑気な口調でそう答えるM。

「意味が分からねぇよ。ただでさえみんな忙しいのによぉ、月刊誌なんか無理に決まってんじゃねぇかよ。このままじゃ休日出勤も徹夜も当たり前になっちゃうよ。そのくせ帰る奴は人に仕事投げてとっとと帰っちまうし、不公平だよ。俺の企画なんか誰もやってる暇ないっつって、頼んでも誰も引き受けてくれないし。ふざけやがって」段々気持ちが昂ってきた様子の同期の口調に、ただ黙って耳を傾けるM。

「何も分かってねぇ社長！　役に立たねぇ無能な上司！」そう言って部長の机を指さす同期。

ドン！　ドン！　と足を踏み鳴らし、顔が高揚し始める。

「クソみたいな環境にクソみたいな社員！　使えねぇ同僚に使えねぇ同期！　非協力な奴ら！　無責任な奴ら！」ドン！　ドン！　ドン！　ドン！　「ふざけやがって仕事にならねぇ！　舐

めやがって何もできねぇ！」ラップ口調で叫んでいる。少し驚きながらも、何だか少し楽しくなってきたM。

「ぶっ飛ばす！　ぶっ殺す！　ぶっ潰す！　ふざけやがって！　舐めやがって！　コケにしやがって！　仕事を何だと思ってやがんだ！　会社を何だと思ってやがんだ！　社会を何だと思ってやがんだ！」ドン！　と最後に大きく足を踏み鳴らし、興奮冷めやらぬ様子で息を切らしている同期社員が辺りを睥睨（へいげい）し、Mと目が合う。

「ラップ、うまいすね。即興ですか？」間の抜けた質問をするM。

「は？」

「才能あるんじゃないすか？」と褒めてみる。溜息をついて椅子に座る同期。

「いいよな、Mッチーは呑気で。スーツで腕まくりなんかしやがって、何も考えてねぇだろ」

「考えてますよ、色々と」

「ホントかよ。何考えてんだよ」

「この会社は仕事量の割に、圧倒的に人が足りないと思います」

「誰でも知ってるし、人数だけじゃないよ。ダメだよこの会社。上が無責任過ぎる。チームワークがなさ過ぎる。会社として足りないところだらけだよ。体制もなっちゃないし」

「まあ、ベンチャー企業ですからね。これからだと思いますけど」

「それ以前の問題だね。大体この会社の社員で、本当にこの会社を大きくしたいと思ってる奴が何人いると思うよ」

「何人いるんですか？」

「ほぼいないよ。みんなこの会社でキャリア積んで、もっといい会社に転職しようと思ってる奴ばっかだよ。この会社を踏み台にする事しか考えてない。この会社がどうなろうが知ったこっちゃない奴ばかりだ。だから無責任なんだよみんな。自分の事しか考えない。社長は事業を拡大して会社デカくする事しか考えてねぇし。俺のやりたい事なんか何もできねぇよ、この会社じゃ」

「この会社でやりたい事があるんすか？」

「あるよ！　バカにしてんのか？　つーかMッチーはねぇのかよ、夢とか、やりたい事とか」

「ありますよ」

「嘘つけ」Mに顔すら向けず、そう言い放つ同期。楽し気な表情を浮かべながらそれを聞き流すM。

Mの書き込み八

物量　無限の物量
支えきれない（抱えきれない）重圧の下で

柱は歪む・軋む
精神的支柱
限られた時間の中で見出さなければならない
速度と効率
関わる全てのメカニズム

人　物理　感情　能力　精神　バラバラ

あらゆる負担は精神構造を蝕み
精神的負担の波は
立場・力の弱い方弱い方へと流れゆく
立場は力に流され移り変わる
誰が　どこで　どう喰い止めるか
全人類の精神的負担を最小限にとどめ
平等に振り分ける為に

キャパシティの限界
アイデンティティの崩壊

偏見
エゴ
依存
否定・否定・否定

違和感

何言ってんの？　あいつ。
仕事量が多過ぎて俺たちの精神が歪（ゆが）んでるって事？
立場の弱い俺たちに精神的な負担の波が流れてるって事？
何気にその通りじゃん。
関わる全てのメカニズムって何？
全人類の精神的負担て何？
喰い止めてくれよ。この流れ。
マジで負担がデカ過ぎるよ。

「あいつ、会社来なくなっちまったな」

車の助手席に座っているヤッさんが、咥え煙草でハンドルを操作するMに話しかける。

「そうだね」

「あいつ、手、震えてたからな。さすがに無理だろ」そう言いながら自分の手を震わせるヤッさん。

「病んでたからね。仕方がない」

「仕方がないって、もう少し選べないものかね。採用の段階で」

「俺だって病んでるし、生まれつき精神を病んでる奴はいない」

「まあ、それはそうだが」

「みんなそれなりの理由があって病んでるわけで、その原因が取り除かれれば治るものだと俺は思う。それには周囲の理解と協力が必要だ」

「周囲の理解？　どう理解しろっていうんだ？」

「その人の背景を想像する事。その人が病むに値する人生を歩んでいる事を認める事。そしてそれを受け止めてやる事だ。心の病気なんだから、気持ちの問題だ。気持ちが安定すれば治る。その為には、偏見を持たずに、まずは在りのままのあいつを受け止めてやる事だと思う。そーゆー場所があいつにはないんじゃないかな。心の落ち着く場所、安らぎの場所だ」

「そーゆー場所があれば治るのか？」

「さあ。でもないよりマシだろ？　心の病気なんて、気持ちの問題なんだから、安定すれば治るんだ。一生付き合う必要はないし、俺は付き合うつもりは一切ない」

「お前にもそーゆー場所がないということか？」

「ふふふ、ない」煙草を灰皿で揉み消しながら不敵に笑うM。

「そうか。でもそういう場所を職場に求められてもな」

「どこでもいいんだよ。家だろうが、友達の元だろうが、恋人の元だろうが。他にないなら、職場で居場所を作ってやらないと」

「そんなもんかね。でも手が震えてたんじゃ、かなりの重症だろ。いつもこんなんなってたぞ」そう言いながら再び自分の手を震わせるヤッさん。

「まあね、でも頑張った方だよ、あいつは」ハンドルを操作しながらそう口にするM。

「ホントか？」

「うん、あいつは一切手は抜いてなかった。全力で仕事に取り組んでたよ。自分のできる限りの範囲において。どう考えても仕事を与え過ぎだよ、最初から」

「でもそれは俺もお前も一緒だろ」

「うちは新人が育たない。未経験で入ってくる奴は特にね」

「何でだ？」

「そりゃあそうだよ。環境が悪過ぎる。うちの会社は働くには最悪の環境だ」

「環境？」

「そう、人が育つための環境。人にはそれぞれキャパシティてもんがあって、それを大きく上回るような質や量の仕事を任されても、パンクしちまうし、壊れちまうよ。見ろよ、うちの連中を。みんないつもカリカリして、キャパシティオーバーで壊れかけてるだろ」

「壊れかけてるって言うのか？　アレを」

「そうとしか見えないね、俺の目には」

「ふっ。連中に言ってやれよ」そう言って窓の外に目を向けるヤッさん。

「知ってる？　噂によると編集長、この会社に入ってから家庭が崩壊したらしいよ」

「崩壊？」

「うん。忙し過ぎて家庭を顧みず、それが原因で離婚。子供は登校拒否に陥るし、仕事のストレスで子供から電話が来ても冷たく突き放すしね」

「ああ、よく見かける光景だな。編集長が電話で子供に怒鳴り散らしてるの」

「可哀想に、うちはトップダウンでストレスが下りてくるからな。それが家庭や子供にまで及んでるんだ」

「崩壊か。なるほど、壊れてやがるのかもな」

「編集長だけじゃない。うちは全員壊れてもおかしくない。社員が壊れるって事は、会社も壊れるって事だ。家庭と同じように、会社だって崩壊する。その内会社丸ごとパンクしちまうよ」

「まあ、有り得るな」

「しかもうちはミスをすれば嫌味を言われるし、いきなり結果を求められる。大概の奴はプレッシャーに耐えられないし、新人は育つ前に辞めちまうんだ」とMが話を戻す。

「確かに、入社しても誰にも歓迎されないしな」

「頑張ってたのにな、あいつ。頑張る奴は褒めなきゃダメだよ。結果なんか、やってりゃ後から付いてくる」

「あいつでもか？」

「あいつでもだ。そいつのキャパにちゃんと合った仕事を与えて、頑張りをちゃんと評価する。まずはそいつを認めてやらないと。最初はミスや失敗をするのは当たり前なんだから、それをいちいち怒られたり嫌味を言われてたんじゃ、すぐに嫌になっちゃうよ。ミスや失敗を恐れるようになる。そんなものを恐れて挑戦もできない人間に何ができる。何もできない人間を育ててどーすんだ、と思っちゃう。そんなもん、教育でも何でもない。注意はするが怒らずにフォローしてやって、結果を出す為の指導やアドバイスを惜しみなく与えてやるんだ。まずは仕事に対する安心感を与えてやらないと、ビビりながら仕事してたんじゃいい仕事なんかできないよ。それがうちの会社にはない。時間はかかるかも知れないけど、そうやって少しずつ結果を出させて、成功体験が増えていけば、人間なんて勝手に成長していくものだと俺は思うんだけどね。キャパだって広がる。そして焦れったいと感じるかも知れないけど、それが一番速度の早い、効率的な育て方なんじゃないかと俺は思う」

「ふ〜ん。そんなもんかね」

「勘違いされちゃ困るのは、やる気がない奴と能力が低い奴は違うという事だ。やる気なんてあったって能力が低い奴もいれば、やる気なんかなくたってそこそこの結果を出す奴もいる。ホントに怒るべきなのは、甘え腐ってる奴と、手を抜いて仕事をしている奴だ。仕事を舐め腐ってるとしか思えない。そんな奴に支払う給料はねぇよ。逆に能力なんか低くたって、頑張ってる奴は褒めるべきだ。まずはその頑張りを認めてやるべきだ。頑張る奴は伸びる。頑張ってる奴が伸びないなんて、そんなもん、指導する側の責任だと俺は思うね。お前の人を指導する能力が低いんだ、だから下が育たない。お前が伸びろ！　と俺は思う。伸びればいずれは戦力になるし、従業員をそうやって導いてやる事が会社側の責任であって、その責任を放棄して自分の能力不足を棚に上げた挙句、どんどん社員を辞めさせちゃうなんて、優秀な人間のやる事とはとても思えないよ」

「まあ、そうかも知れねぇな。しかし、お前は前に、うちのように度量の大きな会社が増えれば人手不足は解消できる、みたいな事を言っていたが、うちほど人手不足の会社も珍しいんじゃないか？」

「教育通信社のくせに、教育のやり方がおかしいからな。放任主義というよりも無責任だ。仕事を任せているというより、ただの丸投げ、採用してもみんなどんどん辞めていく」

「まったくだ」

「採用の仕方は今のままでいいと思う。問題はその後だ。人が育てば会社も育つ。そこにいる人間の戦力がそのまま会社の戦闘力に繋がるんだからな。戦力が上がればいくらでも戦略は生まれるし、戦い方だって増える。逆に言えば人が育たなかったら会社も育たない。何の戦力も武器も持てないままだ。そんな会社は戦えない。社長はその辺が分かってないんだ。人なんて勝手に育つ、もしくは代わりなんかいくらでもいると思ってる」

「いねぇけどな、代わりなんか。今いるベテランの社員がいなくなったら、ホントに会社傾くぜ」

「今のままじゃ遅かれ早かれ傾くだろうな」

「社長は人も足りてねぇのに次々に事業を展開しようとして、何をそんなに生き急いでるんだい？　焦ってるとしか思えねぇな」

「さあね、早く伸し上がりたくて仕方がないんじゃないの？」

「伸し上がりたい？」

「そう、名を上げたいというか何というか。野心家だからね、社長は。ハングリーなんだ」

「ハングリーね。それにしてもワンマンが過ぎやしねぇか？　誰の言う事も聞きゃあしねぇ」

「確かに。会社に滅多にいないから現場の事が分かってないのか、それとも分かっていてワザとやっているのか」

「分かってないって事はないと思うがな」

「俺もそう思う。何とかしないとな」

「何とかって、どうするんだ？」

　そう話しながら体を傾け、ずっとサイドミラーに目を向けているヤッさん。パー！　パー！　後ろからクラクションが鳴り響く。

「煽（あお）られてるぞ、さっきから」

　バックミラーに目をやり、呑気に答えるＭ。「知ってる。だからスピード上げてやらない」そう言いながら制限速度で車を走らせる。しばらく道なりが続き、その間も立て続けにクラクションが鳴らされる。車を右折車線へと移行させるＭ。後ろの車も右折車線へと付いてくる。対向車線に目をやるが、なかなか車が途切れない。パー！　パー！　クラクションを鳴らす後ろの車。ようやく対向車線の車が途切れ、車を右折させるＭ。すぐさま後ろの車も後に続く。そしてガンガン煽ってくる。わざとゆっくり車を走らせるＭ。パー！　パー！　とクラクションを鳴らして物凄い勢いで後ろの車が追い抜いていく。その運転手が追い抜き際にＭの顔を睨みつけ、Ｍが目を合わせるとそのまま加速して営業車の前に躍り出る。そしてブレーキを踏み、急停車する。

「あぶねっ」慌てて急ブレーキを踏むＭ。前の車と衝突する寸前に止まる営業車。傾（かし）げるＭとヤッさんの体。

「あぶねぇな。何だコイツ。急いでるんじゃなかったのかよ」ヤッさんが驚いたように声を上げる。Ｍが目を細めて前の車の様子を窺う。ボサボサ頭の男が車から降りてくるのが見える。もういい歳こいたおっさんだ。

「降りてきたよクソが」そう呟きながらＭも運転席のドアを開け、車から降りる。

「おい」ヤッさんも慌てて後を追う。ボサボサ頭のおっさんが怒声をあげながら近付いてくる。

「ちんたらちんたら眠てぇ運転してんじゃねぇぞコラァ」

次の瞬間、いきなりおっさんの顔面を殴りつけるM。驚くヤッさん。自分の車のトランクに寄り掛かるようにして倒れ込むおっさん。そのボサボサの髪を鷲掴みにして、おっさんの顔面をそのままトランクに叩き付けるM。鈍い音が響き渡る。呻き声を上げて両手で顔面を押さえるおっさん。もう一度叩き付けようとしたところでヤッさんが慌てて止めに入る。「おいっ」後ろからMを羽交い締めにする。おっさんのボサボサ頭から手を離すM。おっさんはそのまま地面に崩れ落ち、両手で顔面を覆いながら悶絶している。何事もなかったかのように営業車の運転席に乗り込むM。おっさんの様子を眺めながらMの後を追うヤッさん。ヤッさんが助手席に乗り込むのを待ってから車をバックさせ、倒れているおっさんとおっさんの車をよけて前進させるM。

「まったく、どいつもこいつも心のキャパが狭ぇ」Mがアクセルを踏み込みながら呟くように口を開く。

「心のキャパ？　何だいそりゃ」とヤッさんが訊ねる。

「心が狭いというか、度量が小さいというか、何かあるとすぐに怒る、苛立つ、キレる。何もなくたってイライラ、カリカリ、何がそんなに気に喰わないんだか。もっと心にゆとりを持てないもんかね、と思ってさ」

「お前だよ！」驚いたようにツッコミを入れるヤッさん。

「俺は別に怒ってもいなければキレてもないよ」と、心外そうな顔をヤッさんに向けるM。

「嘘つけ。何なんださっきのは」

「あれは自分の身を守っただけだ。明らかにこちらに危害を加えようとしていたからな、あのおっさん。あんなおっさん、話をするだけ時間の無駄だし、俺は冷静にそれを考え、判断した上で、心にゆとりを持ってぶっ飛ばしただけだ」

「ゆとりを持って？　いきなり殴るのか？」

「ああゆう輩は大好物だ。遠慮なくぶっ飛ばせるからな。あの男もこれで二度とあんなバカげた事はしなくなるだろ。世界も平和に近づくってもんだ」

「何が世界平和だ！　聞いて呆れるよ」ヤッさんの声が大きくなる。

「何のストレスだか知らないが、あーゆー連中はあーゆー行為でストレスを発散してやがるんだ。だから俺も遠慮なくあーゆー連中でストレスを発散させてもらう。目には目を、歯には歯を作戦だ。最高の発散方法だね」

「最高の発散方法ね。とても健全とは思えないが……」ふっ、と笑いの息を漏らすヤッさん。

「怖いもんなしだな、お前」と呆れ顔をする。

「怖いものだらけさ」とM。その顔は真面目腐っている。

前方にモデルルームが見える。ハンドルを切り、「さあ着いた」そう言いながらモデルルームの駐車場に車を停車させるM。

「今日の商談はよろしくね」とMがヤッさんに告げる。

「はいよ」

「後から入ってきたヤッさんに同行をお願いするとは情けない」そう言いながら後部座席に手を伸ばし、鞄を引き寄せるM。

「別にお前が喋ったっていいんだぜ」シートベルトを外しながらMに顔を向けるヤッさん。

「だったら一人で来るよ。主任命令なんだから仕方がない。ヤッさんが商談をして、俺がそれを勉強する。何としても契約取らないと、ページやばいもんな」

「俺が喋ったところで取れるかなんて分からないぜ」

「でもヤッさんの方が確率が高い、そういう判断だろ？」

「お前、商談の時いつも何喋ってるんだ？」ふと疑問に思った事を口にするヤッさん。

「ん？　自分でもよく分からない。ひと通りの説明はするけど」

「説明だけか？　最初にヒアリングとかしないのか？」

「ヒアリング？」

「そう、ヒアリング。相手の状況なんかを質問して色々聞き出すんだよ」

「何？　それ」

「おいおい、相手の状況も分からずに何を提案するってんだ？」

「提案？　したことない、提案」

「マジか。いいか、交渉ってのはな、まずは相手の状況を把握するところから始めるんだ。相手の望み、要望、困ってる事、悩んでる事、心配事、弱み、全てを掌握するところから始めるんだ。そしてそれに対して何ができるのか、こっちのできる事を考える。弱みがあるならそこに付け込む、困っているなら如何にもあなたの為を思っています、みたいな顔して相談に乗りながら、そこに付け入るんだ。交渉の常套手段だぜ」

「付け入ってどーすんだ。それじゃあ完全にヤクザじゃんか」

「まあ、それは冗談だが、相手の状況を把握した上で、それに沿った提案をしていく、てのはヤクザだろうが営業だろうが変わらねぇ。それに付け込むか、お役に立つかはともかくとして、まずはそこから始めなけりゃ何ができるのかも分からねぇよ。当然この会社の事は調べてきたんだろうな」

「うん。調べてはきた」

「よし。情報は武器だ」

「なるほど。さすがヤッさん、勉強になるなぁ」

「常識だぜ。誰も教えてくれねぇのか、この会社は」

「うん、聞いた事もない」

「そうか、じゃ、見せてやる。交渉術ってものをな」助手席のドアを開け、車を降りるヤッさん。頼もしそうにそれに続くM。


何で俺たちが病んでる奴を理解しなけりゃならないんだよ。

理解したくてもできねぇしな。

何だよ人生の背景ってよ。興味ねぇよそんなもん。

職場に居場所なんか求めるなよな。

壊れてて悪かったな、俺たち。お前にだけは言われたくねぇよ。

でもホントにパンクするよ、この会社。

確かに。

今のままじゃヤバイって事だけは確かだ。

ヤッさんも冗談が怖いよね。

ヤクザの交渉術か。

でもホントに契約取っちゃうところはさすがだよな。


商談を終え、オフィスに戻るMとヤッさん。その社内の雰囲気に違和感を覚える。もう定時を過ぎているのにほとんどの社員がオフィスにいる。が、それはいつもの事だ。

「どうでした?」主任が商談結果を二人に訊ねる。その台詞がどこか白々しく感じられた。

「契約になりました」Mが答える。

「そう、さすがヤッさんですね」

その言葉にヤッさんが反応する。

「なぜ、俺がさすがなんだい?」

きょとん、としてヤッさんを見つめる主任。

「なぜ?」

「契約を取ったのが俺だと、どうして分かったのかなと」

笑いながら答える主任。

「だって、その為に一緒に行ったんでしょ？」

その笑顔に違和感は感じられない。しかし、自分の仕事に集中しているはずの他の社員たちが、妙に自分たちに注目している、自分たちの様子を窺っている、そんな気がしてならない。

「まあ、そうだが」

「原稿の打ち合わせはいつですか？」

「明日また訪ねる事になっている」

「分かりました。主婦レポーターには僕から連絡しておきますので、明日一緒に行ってください」そう言って電話のジェスチャーを見せる主任。

「分かった」解せない表情で自分の席へと向かうヤッさん。Mは何にも気付かない素振りでそれに続く。

Mの書き込み九

何てぇか、

提案のできる営業マンて、カッコええと思った。
相手の望みを叶え、困っている事、悩んでいる事を解決する。
きっと、それが営業の醍醐味だ。

営業は人間学だ、人間力がものをいう。
社長の言葉が蘇る。
それは全てに通じる、応用できる、そう感じた。

一流は全てに通ず。
一流の営業マンは、きっと人間学の天才だ。
そのポテンシャルは計り知れない。

病んだ社会のど真ん中。
生き急ぐも自由、死に急ぐも自由。
同じ事だ。
ただ一つ言える事は、
個人、家族、組織、地域、社会、国、世界、
このままじゃヤバイって事だけは確かだ。

プレッシャー

営業なんだから提案するのは当たり前だろ。
何が人間学だよ。社長の言う事真に受けるなよな。
生き急ぐとか、死に急ぐとか、誰の事？
社長と、この会社の事じゃない？
ヤバイっていうのもうちの会社だ。
国とか世界とか、大げさなんだよ、言ってる事が。
言う事だけはでけぇからな。何もできないくせに。

昼間、Mが商談からオフィスに戻ると、以前Mを舐め腐った態度で見下した二十歳の社員がマスク姿で仕事をしていた。ゴホゴホと咳き込みながら瓦版の原稿を眺めている。朝からずっと体調が悪そうだったのをMは思い出した。原稿を持ってMの横を通る際、「帰った方がいいんじゃないの？」と声を掛ける。
「そんな雰囲気じゃないですよ……」小声で答える二十歳の社員。周りの雰囲気を窺っている。

確かに、Mはそう思った。ただでさえ人手不足の上に、仕事は山ほど増えていくこの会社において、体調を崩すというのは命取り。誰か一人でも仕事を怠れば、即出版物の廃刊に繋がりかねない。そんな状況の中で、他人の体調を気遣ってる余裕は誰にもない事をMは知っていた。

「熱はないの？」

「あります」

「じゃあ帰りなよ」

「帰れないですよ……、そんな雰囲気じゃないですもん……」か細い声でそう答える二十歳の社員。Mとその社員の会話に耳を傾ける他の社員たちの視線が痛い。

何風邪なんかひいてんだよ。締切り近いのに何考えてんの？　体調管理がなってねぇんだよ。菌をまき散らしやがって、ホント迷惑だよ。そんな声が聞こえてきそうだ。

「制作部屋行ってきます」そう言って立ち去る二十歳の社員を、無言で見送るM。風邪よりも、精神的なプレッシャーの方が辛そうだ、そんな事を思いながら。

夜、Mはさすがにいつもより早く帰宅した二十歳の社員に電話をかけた。明日休むように言う為だ。

「いや、休めないですよ……」弱々しい二十歳の社員の声が、受話器越しに聞こえる。

「体調悪い時は休んだ方がいいよ」

「そんな雰囲気じゃないですもん……」

「言い出せないなら、俺が明日言っておくから大丈夫だよ」

「でも……」

「仕事より体の方が大事だし、周りに伝染しちゃっても大変だし」

「それはそうですけど……」

「休んじゃえばいいんだよ。仕事で体壊すなんてバカげてるよ」

「そう言ってくれるのはMさんだけですよ」

「誰も言ってくれないからね。ホントは言いたいんだろうけど」

「プレッシャーに耐えられないですよ……ホント」

「投げ出しちゃえばいいんだよ、そんなもん。潰れたら潰れたでそれに対応できない会社が悪い。会社の為に自分が潰れるなんてバカバカし過ぎて話にならないよ。俺が言っておくから、明日は休んじゃいなね」

「はい。すみません、ありがとうございます」


あいつ、何勝手な事言ってんの？

何の権限で休ませてんの？

何様のつもり？

翌朝の朝礼で、Mは年下の社員の病欠を告げた。

「休むってMさんに電話があったんですか？」と主任が訊ねる。

「いや、電話があったというか……」

「電話したんだよね？　Mっちゃんの方から」と編集課の女性課長。

「ま、まあ……」

「いつ電話したんですか？　昨日の夜ですか？」と主任。

「はい、そうです」

「自分から休むって言ったんですか？　それともMさんが休むように言ったんですか？」

そのやり取りに違和感を覚えるヤッさん。まるでMが昨日の夜に電話して、Mから休むように言った事を初めから知っているかのようなやり取りだ。

「まあいいよ。休みたいなら休ませとけば」と社長が割って入る。「締切り、大丈夫だろ？」

静まり返るオフィス。知らねぇよ。大丈夫じゃなかったらどいつのせいだ？　そんな声が聞こえてきそうな雰囲気だ。

「まあ何とかなるだろ」と部長。

何とかなるじゃねぇよ。お前何もしてねぇし、何もできねぇだろ。無責任な事言ってんじゃねぇよ。お前が何とかしろよな。

「M、今日は午後から俺の同行な。お前に粘りの営業見せてやる」Mに向かってそう宣言する社長。

「頼みますよ社長。ホントにページ、足りてないんで」と主任が懇願する。

「よろしくお願いします」と頭を下げるM。

「今度はすっぽかすなよ」と社長。

「はい、すみません」と頭を掻き、かしこまるM。粘りの営業って、何だ。そんな事を思いながら。

Mの書き込み十

凄ぇものを見た。粘りの営業だ。

今日、社長の営業に同行させてもらった。

開口一番相手は言った。

「別に広告を載せるつもりはないですよ。時間が空いてたので、聞くだけ聞いてみようと思って」

まったく興味はないらしい。

「全然構いませんよ。しかし大きなビルですねぇ。やっぱり自社ビルはいいなぁ」などとおべっか、ほざきになりながら、ここからが腕の見せ所、と言わんばかりに商談を開始する社長。

世間話
商品説明
会社の事
自分の事
その成り立ち
生い立ち
相手が乗り気じゃないとみるや話題を変え
興味を示さないと見るや品を変え
話を打ち切られそうになれば思いっ切り頭を下げてみたり
相手がうんざりしない境界線を見定めながら
質問を投げかけたり
質問に答えたり
あらゆる手を使い
品を変え

話題を変え
粘る粘る粘る粘る
粘る事三時間
なぜかそのままその相手と飲みに行く事になった。

「絶対獲ってくるからな、お前はここで帰れ」
そこで俺は帰された。
凄ぇ、場外戦だ。
慣れ合う気なんか更々ない。
戦いはまだまだ続く。
続きが観たいと思ったが仕方がない。
結果を楽しみに引き揚げた。
興奮し過ぎて道に迷った。

何の工夫も変化もない
平行線を辿るのみ
どちらかが折れるか
険悪になるか

ただただひたすらしつこい五流の（押し売り）営業とはワケが違う。
何もないところから少しずつ
手を変え品を変え話題を変え
相手の興味を引き出しながら
しっかりと実のある話に持って行く
超一流の粘りを観た気がする。

う〜ん、興奮して眠れん。

お礼

へぇ、社長って凄いんだ。
しつこいのと粘るのとじゃ違うのか。
いい、おほざきになるって何？　社長に対して。
道に迷うのはいつもだろ。いい加減道覚えろよ。
あいつ、ホームページばっか更新して、ちゃんと睡眠取ってんのか？

終電間際、ようやく仕事を終えたMとヤッさんが駅へ向かう道を歩く。

「M、お前の言う通りかも知れないぜ」ヤッさんが口を開く。

「何が？」

「お前は誰かに付け狙われてる。お前の行動は誰かに監視されている。俺もそんな気がしてきたよ」

「何で、そう思うんだい？」

「オフィスの雰囲気だ。お前の書くホームページについて、良くも悪くも社員の連中が噂をしているのは知っているが、ホームページだけじゃなく、お前の言葉や行動自体が把握されている雰囲気がある」

「でしょ？」

「一体どうなってやがんだ。誰が何の為にそんな真似をしやがる」

「分からない」

「気味が悪いな。色々筒抜けってのは」

「気味が悪いの次元が違うよ」

「よく平気でいられるな」

「平気じゃないさ。俺が普段何をしているのかも、部屋で何をやってるのかも全て筒抜けなんだ。内心気味が悪くて仕方がないし、ハラワタ煮え繰り返ってるぜ」

「部屋の中まで？　それは確かなのか？」

「分からないけど。でも、そんな気がする」

「マジかよ」

「俺は犯罪ってのは大まかに分けて二種類あると思っている」突然Mがそう切り出す。

「二種類？」

「うん、二種類だ。精神的に追い詰められた人間が、苦しんだ挙句に身勝手な行為に走るケースの犯罪と、人の気持ちも考えない何様気取りのカスが、自分都合、面白半分、興味本位でクソ行為に及ぶケースの犯罪だ」

「ほぅ」

「どちらも犯罪には変わりはねぇが、情状ってもんが変わってくる。前者には同情の余地がないワケじゃあない。だが後者は別だ、クソ過ぎる。今回俺にかましてくれてる奴らは、明らかに後者だ。興味本位で楽しんで腐る。遊んで腐る。どういう教育を受けりゃ人にそんな真似ができるんだか。虫唾しか走らねぇよ」

「確かに、虫唾が走るってのは確かだな」

「犯罪ってのは大抵の場合、自分より立場や力の弱い者に向かう。社会的弱者だ。今の俺なんかまさにその典型だけど、どんな理由があれ、自分より弱い者を標的にするなんてのが、どんだけカスでクソのやる事か、思い知らせてやらねぇと気が済まねぇよ」

Mは時折熱くなる。それはどんな時なのかという事にヤッさんは思いを巡らせていた。

「いつか必ずぶっ潰してやる。俺が奴らのいいようにされると思ったら大間違いだ」Mがいきり立つ。

と、路地裏から大きな物音がする。何かが倒れる音、ぶつかる音。そして、人の呻き声、歓声。

「何だ?」そう言いながら路地裏の方へ足を向け、覗き込むヤッさんとM。

数人の若者に囲まれて、人が倒れているのが見える。倒れているのはどうやら浮浪者らしき格好の男だが、その浮浪者を若者たちがいたぶって遊んでいるようだ。馬乗りになりパンチを喰らわす者、頭をサッカーボールのように蹴り上げる者、それを見て笑い声をあげる者。頭を抱えて必死に体を丸める浮浪者。その背中を若者が踏み付ける。いわゆる狩りのようなもの、そんなニュースを見たことがある、とヤッさんは思った。

「酷ぇ事しやがる」そう言いながら路地裏へと入っていくヤッさん。Mが無言で後に続く。

「おい、何やってんだガキども」ドスの利いた声を掛けるヤッさん。

若者たちが二人に気付き、一瞬、突然の目撃者に意表を突かれた顔をした後、敵意剝き出しの表情を向ける。

「何だ? おっさん」若者の一人が凄む。そして二人を取り囲もうと、全員で近付いてくる。

Mがヤッさんより一歩前に出る。リーダー格のような男が射程圏内に入った瞬間、持っていたカバンを手から離し、いきなり男の顔面に右フックを叩き込むM。そして返しの左ボディブロー、間髪入れずに再び右のフックを顔面にぶち込む。もんどり打って地べたに転がる男。驚いて足を止める他の若者たち。Ｍがその男たちに近付きながら口を開く。

「おいクソども、知ってるか？」一瞬の出来事に若者たちは言葉を失っている。

「クソってのはな、殺してもいいんだ。クソってのはな、殺すと喜ぶ人間がいるんだよ。人が喜ぶ事をするってのはいい事だから、俺はやるよ」

そして一番近くに立ち止まっていた若者にいきなり右のストレートをぶち込むＭ。アゴの先端に喰らった若者が膝から崩れ落ちる。

「何だこいつ」「やべぇ」それを見て他の若者たちが散ってゆく。追いかけもせず倒れた若者の腹に蹴りを喰らわすＭ。呻き声をあげ、体を丸めてのた打ち回る若者。

「お前らみたいなクソ殺すのに、躊躇（ちゅうちょ）はねぇよ」そう言いながら若者の顔面を踏み付けようと右足を大きく振り上げるＭ。亀のように頭を庇い、必死に丸まる若者。Ｍの肩を摑み、止めるヤッさん。

「おい、そこまでだ」

上げた足をゆっくりと下ろすＭ。その目に宿っているものは何か。正義感からくる単なる怒りか、それとも、この世に対する憎悪に近い感情か、ヤッさんは読み取ろうとするが、分からない。

「前も思ったけど、お前、結構強いんだな。ただのイジメられっ子かと思ってたよ」冗談めかしてＭの背中に手を回し、誘導するように若者から遠ざけるヤッさん。

多少息切れ気味のＭがそれに答える。

「ん？　イジメなんてな、やられてる本人がイジメだと思わなけりゃイジメじゃないし、俺は周り中から嫌われた事はあっても、イジメられた事なんか人生で一度もないね」

興奮はもう収まっているようだ。

「なるほどね」

浮浪者に目を向けるM。その目からは何の感情も見受けられない。同情も、嫌悪も、憐れみも。純粋に人を見る時の目だとヤッさんは思った。

「あのパンチはボクシングだな。経験があるのか？」浮浪者に近付きながらMに訊ねるヤッさん。

「齧（かじ）った程度だよ。根性がないから三分間戦えるだけの体力も身に付かなかったし、煙草の吸い過ぎでマウスピースを口に含むだけでウェッてなったけどね」そう言いながら嘔吐（えず）いてみせるM。

「ボクサーじゃねぇな、それ」ヤッさんが笑う。

「ボクサーなんて言った覚えはない。俺はすぐ殴っちゃうし、何もかもが失格だ」とMは真顔だ。

浮浪者が壁を背に座り込んでいる。近付いてくるヤッさんとMに虚ろな目を向ける。四十代にも五十代にも六十代にも見える、そう思いながら助け起こそうとするヤッさん。臭いが少し気になるが、顔には出さない。

「す、すまない」そう言って起き上がる浮浪者。服に付いた汚れを払いながらあちこちに手をやり、自分の体を確かめている。

「大丈夫かい？」

「あ、ああ。怪我は大した事なさそうだ」

「そりゃあよかった」そう言いながら服の汚れを一緒に払ってやるヤッさん。

「じゃ」そう言って立ち去ろうとするヤッさんを、浮浪者が呼び止める。

「何か、お礼をしたいのだが……」ヤッさんが浮浪者に目を向ける。

「いらないよ、そんなもん」

壁に背をもたれ、ズルズルと座り込む浮浪者。

「おい、大丈夫か？」心配そうに浮浪者の顔を覗き込むヤッさん。

「ああ、思ったより大した事はない。そんな事より」

「そんな事より？」

「何かお礼を」

「いらないって言ってるだろ。早く寝床へ帰れ。今日はもう帰って寝ろ」

その言葉に、何かを思いついたような表情を浮かべる浮浪者。

「そうだ、寝床に帰れば酒がある」

「酒？」

「ああ、あまりいい酒ではないが……」

「酒が飲みたけりゃ自分で買うよ。大丈夫だ」そう言って再度立ち去ろうとするヤッさんに、腕時計を見ていたMが声を掛ける。

「ヤッさん、終電なくなった。お言葉に甘えて酒をいただこう」Mの方に顔を向け、「マジか？」と言って自分の腕時計を確認するヤッさん。

「うん」

ヤッさんが溜息をつく。

「どうする？」

「この人のねぐらへ行こう」迷いもなく、瞬時にそう答えるM。

「行ってどうするんだよ。酒でもいただくのか？」

「酒はともかく、送っていこうよ。怪我も心配だし」

そのやり取りに浮浪者が割って入る。

「是非、そうしてくれ。仲間も何人かやられてるんだ。あんたらがブチのめしてくれたと言えば、きっと喜ぶ」そう言いながらゆっくりと立ち上がる浮浪者。

「仲間がいるのかい？」とヤッさん。

「顔見知りだ。この辺をねぐらにしている。みんなもう寝ていると思うが、付いてきてくれ」

壁に手を突き、ヨロヨロと歩き出す浮浪者。

「お礼なんて、律儀なルンペンだな」顔を見合わせ、浮浪者の後に続くヤッさんとM。

沈黙が流れる。三人の足音、そしてどこかから聞こえる車の音だけが響く。気まずくなったヤッさんがMの顔を見る。本当に付いていくのか？　と、その目が言っている。Mが先を行く浮浪者の横に並び、口を開く。

「この生活は長いんですか?」

少し考えを巡らせ、ゆっくりと歩を進めながら浮浪者が答える。

「そんなに長くはない。私はまだ新参者でね。半年経つか経たないか、そのくらいだと思う」

「もう、慣れました?」遠慮がちにMが訊ねる。

「少しずつだが、要領を摑んできたよ」

「要領か、どんな世界にも要領ってものがあるんですね。僕は四ヵ月経ってもまだ仕事の要領が摑めない」そう打ち明けるM。それには答えず、ゆっくりと歩を進めていく浮浪者。その後ろにヤッさんが続く。Mが再び遠慮がちに口を開く。

「けっこう孤独じゃないですか?」

一度Mの顔を見る浮浪者。そしてすぐにまた下を向いてしばらく考える。何かに思いを巡らしている様子だ。そして歩みに合わせたゆっくりとした口調で答える。

「別にこういう暮らしをしているから孤独というわけではない。どんな暮らしをしていたって、孤独な人間は孤独なものだと私は思うが」

今度はMが黙る。会話を続けるには深く質問を重ねたい。しかし、人には触れられたくない事もあれば、触れられたくない過去もある。特にこのような暮らしを選択する人間には、その種の事も多いのではないだろうか。それとも、そう考える事がそもそも偏見なのだろうか、とMは考える。すると今度は浮浪者が先に口を開く。

「君は、孤独を感じる事はないのかい？」意表を突かれた思いで、しかしMはすぐに答える。

「めちゃくちゃ孤独ですよ、俺なんて」ぎこちない笑顔でそう答えるMの顔を、浮浪者が見つめる。

「そうだろう。どんな生活をしていたところで、それは変わらない。家庭を持とうが、仕事に励もうが、どうせ孤独であるならば、いっそこんな暮らしも悪くないと思ってね」

そこで言葉を切る浮浪者。続きの言葉を待つが、それ以上の言葉は出てこない。しかし、つまりそれがこの浮浪者がこの生活を選んだ理由らしい。

「ご家族がいるんですね」

「ああ、いるよ」

「心配は、されてないんですか？」いらない質問を口にしたような気になって、浮浪者の顔色を窺うM。しかし浮浪者は気にした様子もなく話し始める。

「妻はもうこの世にはいない。随分前に死んだ。一人息子は海外を飛び回って、夢中で仕事をしているよ。私なんかいなくても、何も困らない」

「息子さんは何の仕事を？」

「戦場カメラマン。世界中の戦地を飛び回って写真を撮っているよ」

「マジですか？　凄いじゃないですか、戦場カメラマンて。ねぇ」本気で驚いたような表情を浮かべ、後ろを歩いているヤッさんに顔を向けるM。

「ああ、凄いな。誰にでもできる仕事じゃない」とヤッさんも同意する。

「そうだよねぇ」とMが念を押して敬意を表す。

「とても勇気のいる仕事だ。むしろあんたの方が心配なんじゃないのか？　息子さんの事。常に死と隣り合わせの仕事だ」とヤッさんが浮浪者に訊ねる。

俯きながら微笑を浮かべ、穏やかな口調で答える浮浪者。

「心配しても始まらないさ。息子の選んだ道だ。自分の人生の責任は自分で負うしかない。どう生きて、どう死のうが、自分で責任を負うのであれば、それは本人の自由だ。心配だからといって、口出しする方が無責任てものだ」

「ほう」

浮浪者の後姿を見守りながら、感心したように息を漏らすヤッさん。ただただ歩を進める浮浪者。Mが興味津々の目でその横顔を見つめている。

「もし良かったらうちの会社で働きませんか？　うちは教育通信社だから、誰でも面倒見ちゃうんだ」誘いの言葉、Mなら口にするんじゃないかと、ヤッさんは少しだけ予感していた。

「冗談はやめてください。私はこんな生活も悪くないと思っている」その言葉も予感していた。Mもそこまで本気で口にしたワケじゃない、ヤッさんはそう思った。

「要は世捨て人なんだ。おじさんは世の中を捨ててやったわけだな。親としての役割を立派に果たし、そして世を捨てた。尊敬に値するよ。もったいないけど仕方がない。捨てられるような世の中が悪いんだ」とよく意味の分からない言葉を口にするM。それには取り合わず、前方を指さす浮浪者。大きな公園がある。

「あそこが私のねぐらだよ」

その後、浮浪者の差し出す酒を飲むためのコップを、Mがコンビニまで買いに行き、三人で酒を酌み交わし、しかし、会話は少なく、小一時間ほどしたところで浮浪者に別れを告げ、二人はカプセルホテルに泊まった。


あいつ強いんだな。

いきなり殴りかかるタイプだ。

あんまりバカにしてるとぶっ飛ばされるぞ。


朝礼で二十歳の社員が会社を辞める事を宣告したという話を、朝、商談に直行した為会社にいなかったMは、人づてに聞いた。部長が儀礼的に理由を聞いたが、理由は明白だった為、誰もが無関心を装い、他にやりたい事がある、という若者の嘘の言葉に対して更に質問をぶつける人間はいなかったという。

夜、Mが自席に座っていると、二十歳の社員が近付いてくる。もう帰り支度は済んでいるらしく、右手に鞄をぶら下げ、小声でMに話しかける。

「俺、この会社辞める事になりました」

二十歳の社員に顔を向けるM。驚いた顔も見せず、「何で?」と訊ねる。

「だってヤバイですよこの会社」と二十歳の社員は本音を口にする。

「そっか」そう言ってまた机に視線を落とすM。机の上に散らばった書類の整理を始める。

「それだけですか？」と笑って二十歳の社員がMに訊ねる。再び二十歳の社員に顔を向けるM。

「それだけって？」

「そんな事はないって会社を庇うとか、俺を引き止めるとか、労いの言葉とか、何かないんすか？」

「ああ、そっか、ごめん」と鼻の頭を掻くM。

「今までお疲れ様でした。まあ自分の人生なんだから、自分で決めればいいんだよ。引き止めたって無駄だろうしね」

「まあ、そうですけど」苦笑いを見せる二十歳の社員。

「Mさんも体に気を付けてくださいね。どう考えてもヤバイですよ、この会社」

「うん」とだけ答えるM。それ以上言葉が出てこない事を確認し、Mの背中をポンと叩く二十歳の社員。

「ありがとうございました。楽しかったですよ」そう言ってそそくさとオフィスを後にする。

それを不思議そうな顔で見送るM。俺にお礼？　そんな顔だ。何が楽しかったのかはさっぱり分からない。

Mの書き込み十一

世の中を見限り、捨て去った人間がいる。
世捨て人。
孤独を恐れず、街の片隅に生息する。
その本質は諦観か、あるいはタフか。

景気はどうですか？
聞くな。
浮浪する前は何を？
大きなお世話だ。

誰もが世の中を形成する一個人である。
家族・組織・地域・社会・国・世界

人間は歯車ではないと誰かが言う。
歯車にはなりたくないと人は言う。
生きた歯車になれないのなら俺は降りる。
俺は外れる。
そこに意志と魂が宿るなら、俺は何になっても構わない。

有機的構造体
歯車が狂いだせば
全てのメカニズムは狂い始める。

恨み、妬み、悲哀、辛苦、不信、恐怖、
陰謀、発狂、怨嗟、憎悪、自棄、破壊衝動

全てを望むか
全てを失くすか

有機的構造体
歯車が噛み合わなければ

やがてそれは崩壊する。

死、離散、倒産、破綻、壊滅、滅亡。

—THE END—

ゲッチュー

何でオールオアナッシングなんだよ。
生きた歯車って何？
この会社が狂ってるって事？
それは言えてる。崩壊するよ、マジで。

社長が連れてきたお客さん——今度この会社の本部長に据えたいと社長は言う——が、社員一人一人に挨拶をして回っている。しかし、社員の反応は相変わらずだ。誰も歓迎していない、誰も期待していない、冷ややかな目付き、そんな態度が見て取れるが、みんな儀礼的に頭を下げ、挨拶を交わす。お客さんは気付いている。その雰囲気から、手強い会社である事を。しかし、程よい緊張感を保ちながら、自信に満ち溢れた表情でオフィス内を練り歩く。「よっ」と片手をあげて挨拶した先にはMが立っている。

「あ、ど、どうも。先日はありがとうございました」

Mは覚えている。この人が、先日社長に同行させてもらった先のお客さんだったという事を。商談の後、社長と飲み屋で場外戦を繰り広げた相手だという事を。次の日、社長がまるで友達と喋っているかのように、電話で話していた相手だという事を。大手ディベロッパーの、偉い立場にいた人物だという事を。社長にも、この会社にも、この会社の商品にも、何の興味も持っていなかった相手だという事を。

そんな相手から、社長はどれだけの興味を引き出したというのか。その話に、この人はどれだけの魅力を感じたというのか。その地位にいればこの先も安泰、一生喰うには困らない、そんな立場の人間が、こんな吹けば飛ぶような小さなベンチャー企業に移ってくるという。一流企業からの引き抜き、あの後飲み屋で、一体どんなやり取りがあったというのか。Mは俄かに興奮していた。

その日の午後、商談でモデルルームを訪れたMは興奮していた。社長の営業力、交渉術、商談の凄まじさ、自分もあんな商談がしたい、契約を取りたい、そんな気持ちにはやり、意気込んでいた。だから、というべきか、モデルルームの受付で、商談相手が不在だと聞いた時、M

はめげる事もなければ落胆の様子も見せず、すぐさまこう訊ねた。

「担当者の方は、今どちらにいるんですか？」

受付の女性はその場で担当者に連絡し、本社にいるそうだ、とMに告げた。Mは女性に本社の番号を訊ねると、モデルルームの外へ出、その場で携帯電話を取り出して担当者に連絡した。

「今から本社にお伺いしても大丈夫ですか？」その勢いに気圧されたように、相手はその申し出を承諾した。そしてそのまま本社へと出向き、今までにない集中力を持って臨んだ商談の最後に、相手の担当者はこう言った。

「君はまだ新人かい？」

入社して既に五ヵ月が経っていた。まだ新人といえるのだろうか、Mはそんな事を考えながら、「はい」とだけ答えた。ダメか、相手が新人だと思うほど、自分の商談は拙かったか、Mは自分の未熟さに歯痒さを覚えた。しかし、商談相手は微笑を浮かべながら口を開いた。

「私は三ヵ所のモデルルームを担当していまして、どこへ広告を出せば集客できるのか、ちょうど迷っているところだったんですよ。もう少し詳しい話を聞きたいのですが、日を改めて上司の方か誰かを連れてきてもらえるかな」

ゲッチュー。Mは内心でガッツポーズを決めた。自力での契約には至らなかった。しかし、相手は明らかに興味を示した。ページが全く埋まらない。廃刊の危機に直面していた。三ヵ所すべての広告が掲載となれば、デカイ、そう思った。

「かしこまりました。次はいつがご都合よろしいですか？」

手帳をめくりながら、来週月曜日の午後一時からなら空いている、今日待ち合わせをしていたモデルルームの方へ来てください、と相手は答え、じゃあ一時にお伺いします、とMは頭を下げた。


あいつ、どこ行ってたの？

帰りが遅いと思ったら、商談の約束すっぽかされて本社まで追い掛けたらしいよ。

凄ぇな。大丈夫なのか？　そんな真似して。


「どうやってかは知らないが、お前の行動は把握されている。どうもそんな気がする」

会議室。地図を広げるMにヤッさんが話し掛ける。会議室にいるのはMと闇医、そしてヤッさんの三人だ。

「やっぱりそう思う？」地図から顔を上げ、ヤッさんへと向き直るM。

「車にも何か仕掛けられてるんじゃないか？」手に持っている営業車のキーをクルクルと回しながらヤッさんがそう言い放つ。

「もう至る所に何かが仕掛けられてる気がするよ」とM。

「一体誰が何の目的でこんな真似するんだろうな。何か心当たりはないのか？」ヤッさんがテーブルに両手を突き、Mの顔を覗き込む。

「さあ、頭のイカれた連中が俺に興味を抱いて、生態を観察してるとか、そんな事くらいしか思い浮かばないけど」とMは首を捻る。そこで闇医がMに訊ねる。

「Mはこの会社に入る前からホームページを公開していたんですよね」

「うん」

「どういう内容の物を書いていたんですか？　今みたいな内容？」

少し考え、「いや、当時は自分の過去を書き出していたというか、気持ちを整理していたというか、吐き出していたというか、分析していたというか、言ってみれば心の掃溜めみたいな代物だよ」とMは答える。

「心の掃溜め？　何だいそりゃ」ヤッさんが疑問を口にする。

「如何にも精神を病んだ人間が気持ちをぶちまける為に書いているような内容だったたって事」

「なるほどね」

「そのホームページの内容に興味を持った人間が、ホームページを辿ってMの所在を割り出した。またはMのパソコンをハッキングした。そして個人情報を割り出し、それをきっかけに今、ストーキング行為を働いているって事はないかな」と闇医が思った事を口にする。

「…………」しばし考えを巡らせるM。

「物好きと言うか何と言うか、気味が悪いな、そんな奴がいるとしたら」身体の向きを変え、テーブルに腰をかけるヤッさん。

「それだけ興味を持たれる内容だったたって事かも知れませんよ」と闇医。

「心の掃溜めが?」Mが驚きを口にする。

「心の掃溜めか……まあ、いい意味か悪い意味かは別として、物好きな人間にとっちゃ相当興味をそそられる内容だったのかも知れないな。それが事実だとしたらだが」とヤッさん。

「でも、僕は思うんですが、物好きな個人が一人でやってるにしては、やけに手が込んでると思いませんか?」と闇医が疑問を投げかける。ヤッさんは少し考え、「確かに、ここまで一人の人間を包囲するってのは、かなり手間がかかるぜ」と同意する。

「ただの物好きとは思えない。これは随分と知識や技術のいる事ですよ。結構な手間と時間、そしてお金もかかってるんじゃないですか?」と闇医。

「ただの物好きじゃないとしたら何?　どういう人がやっているワケ?」Mが不安そうな声を出す。

「さあ、それなりに技術を持った……、誰だろう……、一人でやるにしても手が込み過ぎているし……、仲間がいるとか……、もしくは何かの組織?」と闇医。

「組織?　一体何の組織がMを付け狙うんだ?」とヤッさんが疑問を投げかける。

「それは分かりませんが……」と闇医が口籠もる。

「警察かな」とMが思い付いた事を口にする。

「警察?」

「うん、俺、犯罪者予備軍と思われているとか……」と不安そうな口調のM。

「犯罪者予備軍と思われるような事書いていたのか?」とヤッさんが訊ねる。

「いや、書き込みだけじゃなくて……」とMが言い淀むと、

「ああ、お前しょっちゅう人殴るし、クソは殺してもいいとかいう危ねぇ思想も持ってるし、危険っちゃあ危険人物なのかも知れないな」とヤッさんが少し笑いながら得心顔をする。

「うん……」

「しかし、警察って事はないだろう。警察だったら直接来るんじゃないのか？　こんな手の込んだ技術を使って監視なんかするかな。犯罪だろ、この行為自体が」

「初めは誰かが興味本位でMの事を観察していたのかも知れない。でも、面白くなってきてそのまま仲間や、何かの組織を巻き込んだのかも知れない」と闇医。

「いやだから組織だとしたらその目的が分からない。金にならない事に大抵の組織は動かないだろ」とヤッさんが尤(もっと)もな事を口にする。

「目的があるとしたら監視だよ。俺が犯罪に走らないかどうか。テレビで見た事がある。国や警察が衛星やら色んな技術を用いて前科者を監視するんだ」とMが思い出したように口にする。

「何のテレビだよ。現実に国や警察がやっている話なのか？」

「いや、分からないけど……」

「しかもお前は前科者でも何でもないだろ。それとも何かやらかしちまってるのか？」とヤッさんがMに訊ねる。

「いや、まだ……、ない」

「まだって言うな」ツッコむヤッさん。

「Mを使って金儲けを考えている奴らがいるとか」と闇医。

「俺を付け狙ったって金になんかならないよ。どうやって金を儲けるつもり？」とMが疑問を口にする。

「さあ……、それは分かりませんが。ただ何かの目的がなければここまで手の込んだストーキング行為は働かないんじゃないかと僕は思うんです」

「まあな」腕を組んで考え込むヤッさん。「目的か……。考えれば考えるほど謎だな」

「まさか、国家の陰謀？」突拍子もない事を口走るM。

「おいおい、その発想はヤバイぜ。何かで見た事がある。そう言って精神病院にぶち込まれる哀れな精神異常者をな」

「……もちろん冗談だけどさ。もしこれが国家の陰謀だったら、こんな行為はテロリストしか生み出さないよ。ストレスを与えて敵愾心（てきがいしん）を煽ってるようなもんだ」Mは真顔だ。

「初めはただの興味本位で始めたのかも知れない。でも途中で何かの目的ができてエスカレートしてきたのかも知れない」と闇医が考えを巡らせる。

「目的か……。Mを付け狙う目的。一体何があるんだろうな」瞑目（めいもく）するヤッさん。

「Mにストーキングを働いていた人間がたまたまマスコミの人間だったとか。もしくはそれに近しい人間で、そしてMに興味を抱いたマスコミが、スキャンダルを狙ってMを付け狙っている、っていうのはどうでしょう」と思い付きを述べる闇医。

「マスコミが？　有名人が相手ならともかく、犯罪まで犯して一般人のスキャンダルなんか狙うかな」ヤッさんが疑問を投げかける。

「俺が犯罪者予備軍と思われているとしたら、有り得るかも知れない」とMの口調はなおも不安げだ。

「もしくは誰かが興信所を使ってMの事を調べ上げているとか」次々と自分の推理を展開する闇医。

「興信所か。まさかうちの連中がやってるって事はないだろうな」とヤッさんが疑いの目を社内に向ける。

「それはないと思う。俺がおかしいと感じ始めたのはこの会社に入社する前からだから」とMが否定する。

「でもお前の言葉や行動を把握している節があるのは明らかにうちの社員どもだ」ヤッさんの口調が強くなる。

「確かに。その物好きなストーカーが、会社のみんなを巻き込んだとか」と闇医もヤッさんに同調する。

「でもみんなこのクソ忙しいのにこんな手の込んだストーキング行為に加担するかな。時間も金もないじゃないか、うちの会社」Mは希望を込めてそれを否定する。そんな事はあって欲しくなかった。

「でも、少なくともMの言動を社員にリークする人間がいなければ、我々が感じている今の状況は説明が付きません」と闇医。

「興信所を雇ったのがうちの会社で、だから興信所はMの情報を会社の連中にリークしている、それだったら辻褄が合うんじゃないか？」とヤッさん。

「会社が何の為に俺の事を興信所に調べさせてるワケ？」Mの不安が増幅する。

「自分で精神異常なんて嘯（うそぶ）くから、お前は完全に疑われている。しかも世界平和なんか謳っている得体の知れない人物だ。それで会社はお前の事を調べ上げているのかも知れない。うちは教育通信社だしな。どうしたらお前のような人間が育つのか、興味を持たれたっておかしくないだろ」とヤッさんが考えを述べる。

「だとしたら酷いですね。会社がMの人権を侵害している事になる」と闇医。

「指示を出す立場にあるとしたら社長だ。もしうちの会社が犯人だとしたら、首謀者は社長って事になるな」とヤッさん。

「でも、興信所って高いんでしょ？　わざわざそんなお金を払ってまで俺の事を調べる程、うちの会社に余裕があるかな」とMはあくまでも懐疑的な意見を述べる。

「まあ、お前がストーキング行為をされているという確証は何もないけどな。感覚的にそう思うってだけの話だ」腕を組んでそう話すヤッさん。しばしの沈黙が訪れる。青ざめた表情で地図に目を落としているM。心ここにあらず、といった感じだ。見かねたヤッさんが、「まあ、お前がストーキングをされているという決定的な証拠でもあれば別だが、あるのは状況証拠とも言えないような感覚的なものだけだ。気のせいという可能性もなくはない」と気休めを口にする。

「気のせいなのかなぁ。とてもそうとは思えないんだけど……」Mは深刻な表情で今までの出来事に思いを巡らせていた。

Mの書き込み十二

いじめられる奴が悪い
騙される奴が悪い
いじめられる奴が間抜けなんだ
騙される奴が間抜けなんだ
誰かのテロリズムが流れている
その続きを僕は唱える
狙われる奴が悪い
殺される奴が悪い
狙われる奴が間抜けなんだ
殺される奴が間抜けなんだ

勝てば官軍
原爆すらも正当化される

三　契約

あいつ、何が言いたんだ？
知るかよ。
解釈が相変わらず極端だよな。
テロリズムってそーゆー事？

月曜日、午後一時、Mは社長を連れて、モデルルームを訪れていた。先日の約束通り、三ヵ所のモデルルームの担当者はそこにいた。主に話をするのは社長だが、担当者はMを気にかけていた。商談中、そのやり取りに耳を傾けながら、ジッと真剣な眼差しを自分に向けてくるMに。
「じゃあお願いします。原稿等のやり取りはMさんと行えばいいのかな？」担当者が笑顔で訊ねる。

「はい、Mがこのまま担当させていただきます、なっ」そう言ってMに同意を求める社長。

「はい、うちの主婦レポーターを連れてまた明日お伺いしますので、よろしくお願いします」

Mが担当者に向かって頭を下げる。

帰り際、見送りに立つ担当者が感心したように口を開く。

「いい新人さんですね。これからが楽しみだ」

虚を突かれたような顔の社長が、Mの顔を見、担当者の方へ体を向き直して頭を下げる。

「ありがとうございます。こいつはまだまだですが、どうか勉強させてやってください」

Mも同時に頭を下げ、モデルルームを後にする。


凄ぇ。三物件一気に契約だってさ。これはデカイよ。

でも結局取ったのは社長でしょ？　Mの手柄じゃない。

だけど約束すっぽかされて本社まで追いかけて行ったのが効いたみたいだぜ。

すっぽかされたまま帰ってきてたら契約にはならなかったしな。

キッカケを作っただけ偉いよ。

つーか聞いた？　あいつ、今まで部長や主任から引き継いだお客さん、一社も逃してないらしいよ。

どういう事？

マジで？　こんなに反響ないのに、ずっと継続して掲載してもらってるって事？

そう、五、六物件。ずっと載りっぱなし。

自分じゃ契約取れないけど、フォローがうまいのかな。

さあ。

じゃあこれで八、九物件あいつのお客さんが載るって事か。

へぇ、凄ぇじゃん。なかなかやるじゃん、あいつ。


翌日の朝礼、社長が新しい本部長と、その部下だったという坊主頭の新入社員を紹介した。本部長とはもちろん、以前この会社に挨拶に来た、Mが同行させて貰ったかつての社長の商談相手である。

「今日から新しく、営業を強化する目的でこの二人を会社に迎える。今うちの会社に必要なのは絶対的に売上だ。本部長にはその責任者となってもらい、指導を徹底してもらう」

もう好きにしてくれよ。部長が機能してないのに、今度は本部長かよ。責任者だって、可哀想に、またこの会社の犠牲者が増えたな。

「僕が来たからには絶対に売上を上げてもらいます。ビシビシ指導していきますのでよろしく」本部長が挨拶を述べる。

誰を連れてきても一緒だって。この会社、変えられるものなら変えてくれよ。


夜、Mはポスティング事業のデータをまとめていた。エリア分けをし、どのエリアに何部の冊子を配るのかを決定し、ポスティングをするパートを募集し、雇い、各エリアの担当を決め、実際にポスティングしてもらうところまで事業は進んでいた。今は実際にポスティングをしている各担当に、担当エリアのどこにどんな建物があるのか——主に賃貸マンション、アパート、古い一軒家など、冊子を撒いて反響のありそうな物件——を調査してもらい、そのデータを収集している。そのデータを基に、そのエリアに配る部数を細かく調整していく予定となっている。

今日は珍しく社長がオフィスにいる。いつもなら接待やら何やらでとっくにオフィスにはいない時間だ。調べ物をしているらしく、机の後ろの棚から本を引っ張り出したり、パソコンを操作したりしている。

制作部屋から、また言い争う声が聞こえる。同期社員の大きな声がする。Mは慣れっこになっているので気にはならないが、社長はそんなにオフィスにいない為、この光景は珍しいはずだ。Mは横目で社長の様子を窺っていた。その声は社長の耳にも届いているはず。しかし、社長はまったく気にする事なく調べ物にいそしんでいる。集中のあまり聞こえないのか。いや、そんなはずはない。やはり社長は知っている。この会社の有様を。社員の不仲を。オフィス全体の不協和音を。知っていて、見ぬ振りをしている。その原因を作っているのは明らかに社長だ。社長の無責任ともいえる膨大な量の仕事の丸投げ。信頼して任せていると言えば聞こえはいいが、だったらこの不協和音を、見て見ぬ振りはできないはずだ。

Mがそんな事を考えていると、同期社員が制作部屋から飛び出してきた。そして社長を見付けるなり、突っかかっていく。

「社長！　何とかしてくださいよ！」

　その声の大きさに、ビックリしたように顔を上げる社長。

「俺の企画、まったく進まないんですけど」

「お前の企画？　何だっけ」

「は？　社長に許可もらって進めてるやつですけど。自分の会社の企画も分からないんですか？」ムッとした様子の同期。

「ああ、悪い悪い。あれだよな、地元のプロサッカーチームの特集だったよな」

「そうですよ。取材も終わってるし、掲載する事も伝えてあるし、なのに制作が動けないから全然進まないんですよ」

「やらせろよ、制作に。そんなに忙しいのか？　制作」

「忙しいに決まってるじゃないですか！　この会社の状況分かってないの？　あんた社長でしょ？」ついにタメ口になり、喰って掛かる同期社員。

「どう考えても人が足りないんだよ！　仕事ばっか増えて人が増えないし、隔月発行だったものを、勝手に毎月発行に変えちゃうし、みんなもうパンパンですよ！」

「分かってるよ。知ってるけどさぁ、そこをみんなで乗り越えないと」

　同期の勢いに気圧されたのか、へらへら笑いながらなだめにかかる社長。

「無理ですよ。もう無理！　絶対みんな持ちませんよ。体調悪いのに無理して働いてる奴だっているし、休めるような状況じゃないし、これで誰か倒れたら本当に会社終わりますからね」

「そこを何とかさぁ」

「何とかって何？　何ともならないって」

「俺だって散々痛い目見てきてるんだよ」

「意味が分からない」

「仕事なんてみんな無理してるんだよ」

「してるよみんな。でも限度ってものがあるでしょ？　社員の事何だと思ってんの？　あんた社長でしょ？」

「今に楽させてやるからさぁ」

「今にって、いつ？　そもそも体制に無理があるんだよ。みんな色んな仕事抱え過ぎてひとつの仕事に集中できないし」

「最初はな。ベンチャー企業なんてそんなもんだよ」

「そんなもんだよ、で終わらせる気かよ。また本部長とか得体の知れない人連れてきて、営業増やすのはいいけど、このままじゃ誰も居付かないよ？　人雇ったってすぐに辞めていくし、制作とかも増やさないと、もう仕事回らないよ」

「売上が立たないと、簡単に制作なんか増やせないよ」

「いつ立つんだよ、売上。その前にみんな潰れちゃうよ。そしたら会社も潰れるからね」

「分かってるよ、そんな事は」

「分かってないよ。Mッチーだって可哀想だ」

突然自分の名前が出てきて驚くMに目をやり、捲し立てる同期社員。

「ポスティング事業とか、営業の片手間でできるような仕事じゃないでしょ。毎晩夜中まで仕事して、頑張ってるのに評価もされない」

困った顔をしてMに目をやる社長。

「評価ったって、営業の評価は売上だからなぁ。営業は結果が全てだ」

「この間三件取ってきたじゃん」

「あれは俺が取ったんだよ」

「でもMッチーがいなけりゃ取れなかったでしょ？　きっかけ作ったのはMッチーなんだから」

「それはそうだけど」

「じゃあ営業に専念させましょうよ。こんな環境で売上あげろって」

「分かったよ。落ち着けよ」必死になだめる社長。

「分かったたって、何が分かったんですか」

「いいから落ち着けって」

「絶対分かってないよ。もういいよ」そう言いながらふて腐れた顔をしてMの横を通り、Mの顔を見る事もなく再び制作部屋へと入っていく同期。参ったな、社長はそんな顔をして頭をポリポリと掻いている。

Mの書き込み十三

物量・頭脳（首脳）・構造・能力・体力・精神
人・家族・組織・地域・社会・国・世界
何かがうまく機能していないか
どこかに負担が集結しているか
偏っているか
欠けている

誰一人悪くないのかも知れないし
全員悪いのかも知れないこの無責任だらけの世の中で
たくさんの人が苦しんでいる

イジメはなくならないという
犯罪はなくならないという

紛争はなくならないという
戦争はなくならないという

色んな思想がうごめく世界には
民族至上主義者もいれば
独裁者だっている

人民の幸福を願えないのであれば
リーダーの地位からは降りるべきだ
僕は全てに疑問を抱き
子供のような夢を観る
大きさは問題じゃない
肝心なのは魂だ

小さな夢を叶える為に
大きな夢を観る
小さな夢の実現の為に
大きな夢を描く

全てを受け入れて動じない大国を創るか
全人類の精神的負担を平等に振り分けるか
全人類の精神的負担を最小限まで取り除く事ができれば
テロや戦争はなくなる

のか？

否
取り除くべきものは
人間のエゴ
そして甘え（依存）だ

エゴこそが巨悪の根源
あらゆる問題を引き起こす物事の根本だ
人々がエゴを放棄し
そして甘えを捨てていかなければ
どこかに負担が集結し

機能が難しくなる事により生み出される軋轢(あつれき)が
あらゆる争い事を誘発
その連鎖の波がテロや戦争へのメカニズムを構築する
そんな気がする

使える

誰一人悪くないのかも知れないって何？
無責任だらけって、この会社の事？
独裁者って社長の事か？
相変わらず大げさだけど、結構凄ぇ事書いてんな。
リーダーの地位から降りるべきだって、完全に社長をディスってるもんな。
おもしれぇあいつ。本気で世界平和考えてんのかな。
社長のエゴが酷過ぎる。無責任さが半端じゃない。
それがこの会社の巨悪の根源だ。

朝、Mが出社すると、Mの姿を認めた同期社員がズカズカとMに近付き、ハイタッチを求めるように右手をかざす。「Mッチー、いぇーい！」

反射的に右手を上げて、掲げられている同期社員の右手を掌で弾くM。同期社員がMの背中をポンポンと叩き、既に出社している社長に目を向ける。社長もその様子を見ていたようだ。その目が、小賢しいと言っている。生意気な反抗分子でも見るような目付きだ。本部長や、本部長と一緒に新しく入社したばかりの坊主頭の新人は、何事かと様子を窺っている感じだが、古くからいる周囲の社員たちは皆興味津々だ。社長に一泡吹かしてやれ、そんな声が聞こえてきそうだ。

それぞれが本日行う業務を発表し、朝礼の最後は社長の言葉で締め括られる。社長は朝の挨拶を発した後、制作の人間に顔を向け、確認の言葉を口にする。

「制作、大丈夫か？　仕事が溜まっているみたいだが」

「はぁ」気のない返事をする制作課の課長。そんな事分かり切ってんだろうが、あんたが仕事増やしてんだからよ。とでも言いたげな表情で社長の顔を眺める社員たち。

「大丈夫だよな？」社長が再度確認する。

「大丈夫ではありません。既に何日か徹夜してる社員もいますので」

「徹夜？　本当か」社長が驚いた素振りを見せる。うんうんと頷く制作課の社員たち。白々しいんだよ、編集長から話いってんだろうが、そんな眼差が見て取れる。そこへ編集長が口を挟む。

「前にも言いましたけど、もうみんないっぱいいっぱいでギリギリの状態です。本当に何か手を打たないと、大変な事になりますよ」その声は切迫している。

「そうか」そう言って腕を組む社長の表情からは、それを深刻に受け止めているのかどうかの判断はつかない。社員たちは誰もそれを期待していない、いや、期待していないというよりは、もうとっくに諦めているのだとMは思う。

「特集の方が進んでないっていうのは本当か？」

「昨日徹夜で何とか進めました」一番体の大きな制作課の社員が答える。

「そうか、ご苦労様。まあ、締切りまでに何とか頼むよ」と言ってすぐに他の話題に切り替える社長。

「本部長が入って、本格的に営業に力を入れていく。ここが正念場だぞ。営業は全員ロープレを本部長が行うから、そのつもりでいてくれ」

「それだけ？」そこでMの同期社員が口を挟む。

「何日も徹夜させておいて、締切りまでに何とか頼むよ、で終わり？」納得いかないと言わんばかりに社長に喰って掛かる。

「何だ、文句あるのか」しかし、社長も予期していたのか、昨晩のようにたじろがない。毅然とした態度でそう言い放つ。「社長の俺に、なんか文句があるのか」低く、太く、威圧的な声だ。

「あるよ」そう言いながらも、同期社員が一瞬怯んだようにMには見えた。

「何だ、言ってみろ」社長が凄む。同期は言葉が続かない。

「大変なのは知ってるよ。それでもやらなきゃしょうがないだろ。仕事なんだから」社長は強気だ。

「仕事なんだからって……」同期の声が小さい。

「まあまあ」と言って間に入ったのは本部長だ。

「この会社が今大変だって事は分かってる。何とかするよ」そう言ってMの同期の肩を叩く。

そして社員全員に向き直り、「まずは売上から何とかしよう。こっちから声かけるから、時間空いてる時にロープレするぞ。営業は全員だから、よろしく」と大きな声を張り上げる。

オフィス中に溜息が溢れそうだ。今この会社で一番負担を抱えているのは、どう考えても一番体の大きな制作課の社員だ。優しくて人が好い、だからよく言えばみんなから頼りにされるし、悪く言えばいいように使い回されてしまう。つまり、今足りていないのは制作課の人間だ。にもかかわらず、そこを見ようとしない上の人間に、社員たちの不信感は募るばかりである。


昼、定食屋でアジフライにソースをかけながらヤッさんが口を開く。

「どうもよろしくないな。会社の雰囲気が」

先に焼き肉定食を頬張っていたMが答える。

「今更だけどね」もごもごと声がくぐもっている。

「まあ、確かにそうだが。何とかならないもんかね。素人目に見てもこのままじゃヤバイ気がするぜ」

「誰もが思ってるよ。社長と、新しく入ったばかりの人間以外はね」

「社長は本当に分かっていないのか？　今制作の人間が一人でも潰れたら、本当に会社立ちいかなくなるぜ。出版物は全て廃刊、倒産するのも時間の問題だ。制作の人間だけじゃない、一人一人の負担が大き過ぎて、誰が欠けてもフォローが利かない」

「社長は、正直何を考えているのかよく分からないよ。よっぽど楽天家なのか、何とかなるだろうとタカをくくっているのか、社長のくせに当事者意識が欠落してるとしか思えない。この状況に関心がないとしか思えないよ」

「ワンマンにも程があるぜ。現場の問題が分かっていながら見て見ぬ振りだ。誰の言う事にも耳を傾けない。正直どうかと思うぜ」

「確かに、社長が変わらなければこの会社は変わらない。それはみんなが一番よく分かっている事で、でもみんなが一番に諦めている事だ。古くからいれば古くからいるほど、社長という人間がよく分かっているからな」

「なるほどな。何とかならないもんかね」

「何とかするさ。何とかしないと、本格的に潰れるからな。人も、会社も」

「どうやって」

「あの社長、確かに社長としてはワンマンで、手腕は独善的だが、でも使いようによっちゃあ本当に使える人物だと俺は睨んでる」

「使える？」

「うん」

「社長の事を使えるって、また随分と偉そうだな」

「まあね。俺はまだ、謙虚という言葉を知らないからな」とよく分からない事を口にするM。

「何だって？」

「俺はまだ謙虚という言葉を知らない。だから偉そうなんだ。今の俺は自己顕示欲の塊だ。社長の言葉を借りればハングリーなんだ。自分を認めてもらいたい、と言うよりは認めさせてやる！　といった感じだ。何しろ、そこからがスタートだと思ってるからな。だから生意気なんだ。偉そうなんだ。今の俺には謙虚さなんて欠片もない」

「そうなのか？」

「うん」

「Mは自分の事をよく分析していますからね。自分の状況がよく分かっている」と、そこでカツ丼を箸でいじりながら闇医が口を挟む。

「自分を分析している？　ふぅん。でも謙虚さがないって事が自分で分かってるなら、直せばいいと俺は思うが」とヤッさんがアジフライを口へ運ぶ。

「それができれば苦労はありませんよ。謙虚な人には謙虚な人なりの、そうなるだけの過程や経験があるものです。Mにはまだそれがない。人は理屈通りには生きられませんから」と闇医もカツを頬張る。

「そんなもんかね」

「そんなもんだぜ。人格が形成されるには、それなりの理由がある。今の俺に謙虚になれと言う方が無理ってもんだ」とM。

「そうなのか？　俺にはよく分からん」とヤッさん。

「社長があああなったのにもちゃんと理由があるはずなんです。Mの言葉を借りれば背景が」と闇医。

「背景？　どんな背景だ？」

「そうですね……」闇医は少し考えてから思った事を口にする。

「社長も同じような目にあってきたのかも知れません。社会に出て、今の社員たちと同じような扱いを受けてきたのかも知れません。それを自分の会社で体現してるのかも知れません。社長にとって、社会というのは、会社というのは、そういうものなのかも知れません。そう思い込んでしまっているのかも知れません」

「うーん……」と考え込むような顔つきをするヤッさん。

「まあ、それは分かりませんけど。何にせよ考えを改めてもらわない事には、どうにもならない事だけは確かです」と白米を口へ運ぶ闇医。

「確かにな。で、社長が使えるって、どう使えるんだい？」とヤッさんがMに話を向ける。

「社長には無限の可能性がある」とMが答える。

「無限の可能性？」

「ああ、社長は営業マンとしては一流だ。それは確信した。そして営業は人間学、全てにおいて応用が利く。社長は政治家にもなれるし、社長としても、人間としても、一流になれる可能性を秘めているという事だ。一流は全てに通ずっていうからな」

首を傾げるヤッさん。

「どういう事だ？　さっぱり分からん」

「ヤッさんが教えてくれたろ？　営業の基本は相手の状況把握だって。相手の望み、要望、困っている事、悩んでいる事、心配している事、弱み、それら全てを把握した上で、自分のできる事を考える」

「ああ、言ったな」

「それは何にでも応用できる。それを社内でも実践してもらうんだ。社内営業なんて言葉もあるし、社長は営業マンとしては一流なんだから、それができないはずがない」

「できてもやらなきゃ一緒だぜ。どうやってやらせるんだ？」

「行動を変えるには、まず意識を変える事、考え方を改める事だ。社長にはできるはずなんだ。だから、意識を変えてもらう」

「どうやって」

「まあ見てろって。俺は社長に政治家になってもらう事に決めたんだ」

「何だって？」

「社長には、政治家になってもらう事に決めた」

「政治家？」

「ああ。社長の交渉術は何にでも通用するぜ」

「どういう事だ？　さっきから言ってる事がさっぱり分からないぞ」

「本部長が入ってきたろ？　あの本部長、元はうちのお客さんだったんだ」

「ああ、そうらしいな」

「その商談に同行させてもらった」

「ああ、知ってるよ」

「あの本部長、最初はうちの会社にも商品にも社長にも、何の興味もなかったんだ」

「ふん、それで？」

「ところが社長が話し始めると少しずつ、徐々に興味を示し始めて、商談の後一緒に呑みに行く事になり、次の日には友達のように話をする間柄になっていて、気付いたらうちの会社の一員になっていた。今や仲間だ。同志だ。まったく興味のなかった人間から、あの短時間でどんだけの興味を引き出したんだよ、本部長にとって、どんだけ魅力的な話をしたんだよ、て話だ」

「まあ、確かに。それは凄いな。でもそれと政治家とどういう関係があるんだ？」

「その交渉術、何にでも応用が利くと思わないか？」

「応用？」

「うん。相手はこちらに興味がない、全く興味を示さない。むしろ敵意や猜疑心を抱いているかも知れない。そこから相手がどんな事に興味を示すのか、何に魅力を感じるのか、何に喰い付いてくるのか、あらゆる手段を駆使して見極めていく。相手が何かに興味を示したら、魅力を感じ始めたら、そこからガンガン切り崩す、入り込む。気付けば友達か、同志のようになっている」

「ふん、それで？」

「会社同士でできる事は国同士でもできるって事だ。国交の場でも同じ事ができると俺は思う」

「どういう事だ？」先を促すヤッさん。

「世の中の核問題、戦争、テロ、何でもそうだ。解決できないのは通り一遍のやり方で、手段や交渉に工夫がないからだ。平行線を辿るのみ。いつまでも、どこまでも、永遠に交わる事はない。交渉は決裂、まとまる事のないまま延々と続いていく。同じ事を延々と繰り返していたら、延々と同じ事が繰り返される。当たり前の話だ。だからなくならない。もし俺が交渉する立場の人間なら、同じような対応を延々と続けるような真似はしない」

「ほう。じゃあ、お前ならどうするんだ？」

「そこで営業がものをいう」

「営業？」

「そう、営業。ハッキリ言って俺には戦争やテロを起こす人間の目的が分からない。何の為に核を開発し、他国を威嚇し、相手を攻撃するのか。奴ら自身、それが分かっていない可能性がある。自分たちの本来の目的が何なのか、見失っている可能性もある。だって、テロを起こした人間が幸福になったなんて話、聞いた事がないからね。目的を見失ったら、何をやったってうまくいくはずがない。うまくいくはずもないのに、誰も幸福になんかなれないはずなのに、戦争やテロは起きる。戦争に勝って何が得られるのか、テロを起こして何が得られるのか、奴ら自身、その目的と到達地点が分かってないような気がしてならない。だからまずヒアリングが必要なんだ」

「ヒアリング？」

「そう、ヤッさんに教えてもらった通りだよ。営業でもあるだろ？　お客さん自身、自分の今の状況が分かっていない、目的が分かっていない、状況や目的が分かっていたとしても、自分がどうすればいいのかが分からない、なんて事が。その手段を履き違えてる事もある。だから奴ら自身に、奴らの今の状況、望み、要望、困っている事、悩んでいる事、心配事など、少しずつ聞き出してハッキリさせてやる必要があるんだ。自分の真の目的、真の望みは何なのか、その為に必要な事は何なのか、どうすればそれが実現できるのか、手に入れる事ができるのか、気付かせてやるべきだ。その上でこちらのできる事を用意する、提案する。もし、奴らの目的が国民や同胞の幸福であるならば、できる限りの協力は惜しまない事を告げる。でも、もしそれが奴らのエゴであるならば、誰も協力なんかできないという事をハッキリと伝えてやるべきだ。そして考えを改めるよう、対話を繰り返す。そこからが勝負、交渉の醍醐味だ。あらゆる手を使い、品を変え、譲歩点、妥協点、落とし所なんかを探りながら、相手がどんな事に興味を示すのか、魅力を感じるのか、引き出していく。それはどんな事でもいいんだ。思想、理想、世界の情勢、その趨勢、奴らの為に用意できる事、お互い助け合える事、補い合える事、交渉する人物そのものについてでもいい、相手が何かに興味を示したら、魅力を感じ始めたら、そこからガンガン切り崩す、懐に入り込む。ちゃんと奴らの立場に立つ事で、真剣に奴らの事を考えながら、奴らの為になるような意見や提案を繰り返す。その提案や、それを実行した先の未来に魅力を感じてもらえたらこっちのものだ。実際にそれらを実行して、奴らの為になるようにしてやればいい。互いの望みに沿うように。そしてそのまま友達にでも同志にでもなっちまえばいいんだ。誰が好き好んで友達と戦争なんかやりたがる、友達なんか威嚇したがる、友人を脅かしたがる、て話だ」

「ほお、凄いな。そんな事ができるなら、お前が政治家になればいい」

「理屈の上では簡単だ。でも俺にそんな力はない。今の俺はただの頭でっかち、何一つ実力が伴ってないからな。できるとしたら社長なんだ。だから社長に政治家になってもらう」

「ふ〜ん、なるほどね。しかし、社長は政治に興味があるのかな」

「分からない」

「じゃあどうやって社長に政治家になってもらうんだ？」

「俺は人に何かをしてもらいたかったら、素直に頭を下げて頼むべきだと思う。強制したり、その人がそうしなければならないように追い込んだりするのは好きじゃない」

「そうか。まあ強制したって無駄だろうがな。でも頭を下げても無駄なんじゃないのか？　社長に何て頼むんだ？　世界平和の為に政治家になって下さい、って言うのか？」

「いや、そんな事言っても社長は耳を貸さないよ。特に俺なんかの言う事に社長は耳を傾けない」

「じゃあどうするんだ？」

「俺は人に何かをしてもらいたかったら、頭を下げて頼むべきだと言ったが、実はもう一つ、方法があると思ってる」

「ほう。どんな方法だ」興味を持ったのか、ヤッさんの体が前のめりになる。

「本人がそうしたくなるように仕向ける方法だ。社長が世界平和に興味を持つように、それを実現したくなるように、その為に、政治家になろうと思うように、仕向けていく。俺なんかが社長に頭を下げたって、何を言ったって、社長は耳を貸さない。だから本人が自らそうしたくなるように仕向けていくんだ」

「どうやって」

「それこそあらゆる手を使ってさ」

「どんな手を使うんだ？」

「ホームページで色々と発信する」

「ホームページで？　そんな事ができるのか？」

「その為のホームページだ」

「でも社長はお前の言う事に耳を貸さないんだろ？　お前の書いた文章には耳を傾けるのか？」

「直接的に働きかけても無駄だろうね」

「お前の文章はなかなか興味深いとは思うが、言い回しが少し回りくどくないか？　漠然としているというか何というか。もう少し言いたい事を直接的に書いた方がいいんじゃないかと俺は思うが」

「ヤッさんも読んでくれてるんだ？　ありがとう。何気に嬉しいよ。でも、それこそ誰も耳を貸さないと思う。俺がどんなに真っ当な事を書いてみたところで、どんなに正当な事を主張してみたところで、素晴らしい文章を書いてみたところで、まあ、書けないけど、今の俺の言葉になんか誰も耳を傾けない。なぜなら、俺が何の役にも立っていない人間だからだ。自分が認めていない人間の、自分がバカにしている人間の言葉に耳を傾ける人間がどこにいる」

　ヤッさんの返答はない。Ｍが続ける。

「だからワザと遠回しな書き方をしている。漠然とした書き方をしている。まあ、俺の中でまだ漠然としていて、何をどう書けばいいのかが分かってないっていうのもあるけど、少なくとも、直接的に何かを働きかけても無駄だろうから、ワザとそうしてるんだ。そして俺は強制や人を追い込むやり方は好きじゃない。自由意志というものを何よりも尊重している」

「自由意志？」

「うん、自由意志。みんなが自分の意志で会社が良くなるように、世の中が良くなるように、世界が平和になるように行動する事を望んでいる。その為には、自分で気付く事が大切なんだ。想像する事が大切なんだ。考える事が大切なんだ。現状に気付く事、今後の行く末を想像する事、どうすればいいのか考える事。その手助けになるような文章を書こうと俺は努力している。まあ、ヘタクソというか何というか、なかなかうまくいかないけどね。みんなが現状に気付き、行く末を想像し、どうすればいいのかを考える。その行く末に不安があるなら、自ら改善していくように仕向ける。改善された先の未来に興味を持ち、その未来に魅力を感じてもらえたらこっちのものだ。きっと、自然といい方向に向かっていくさ、と思ってる」

「つまり、お前は他人の自由意志を操ろうとしているわけか？」

「まあ、言い方によってはそうとも言える」

「それは恐ろしいな。本当にそんな事ができるとしたらだが。傲慢と言えなくもない」

「確かに、傲慢かも知れない。他人を自分の思うように動かそうっていうんだから、これほど傲慢な事はないかも知れない。でも強制するより遥かにマシだろ？　操るのは自由意志、全てはその人間の、自由だ。苦しむ事は一切ない。正気が保てるだけマシってもんだ」

「しかし、それは神の領域と言っても過言じゃないんじゃないのか？」

「それは知らないし、神様なんていないよ。たとえいたとしても何もできない。何かできたとしても何もしないし、何も言わないよ。神様なんてそんなもんだ。屁の役にも立ちゃしねぇ。でも俺はそれをやり遂げる」

「なぜ」

「これは、俺の復讐も兼ねている。強制され、干渉され、否定され、追い込まれ、自由を奪われて俺はこんな人間になっちまった。自分の理想を俺に押し付けてくるような、自分の価値観を俺に押し付けてくるような、自分のやり方を俺に押し付けてくるような連中のエゴと傲慢さによってな。俺は人生で自由を感じた事など一度もない。自由意志を尊重された事など一度もない。それでこんなろくでもない人間になっちまった。精神がイカれちまった。腐っちまった。壊れちまった。まあ、そんな事、今更人のせいにしても仕方がないし、これまでの人生は戻らない。だから、逆襲してやるんだ。奴らとはまったく逆の方法で、俺は自分の理想を手に入れる。俺は誰の自由も奪わない、誰も支配しない、強制もしない、干渉もしない、束縛もしない。全てはその人間の自由だ。自分の意志で、自ら理想に向かうように仕向けてやるんだ」

「なるほどな。他人の自由を侵す事なく、自分の理想を手に入れるってワケか。それができりゃぁ大したもんだ」

「やってやるさ。それがやりたくて俺はこの会社に入ったんだからな。世の中ほぼほぼ反面教師。でも、そこからだろうが何だろうが、学べるものは片っ端から学ばせてもらうし、吸収できるもんは全て吸収させてもらうし、できる事は全部やらせてもらう。俺にだって野心や欲望はある。その為に、使えるもんは全部使うし、利用できるもんは全て利用させてもらう。ガンガン成長させてもらった上で、俺は望みの全てを手に入れる。今は、その為に必要な事をやっているつもりだ。そんな事、人に言ってみたところで、誰からも理解されないと思って黙っていたけどね」

「……まあ、そうだろうな。お前の考えている事は難し過ぎる。確かに説明されても理解に苦しむな」

「俺みたいな人間が何を言ったところで、バカにされるのがオチだ」そう言って白米を搔っ込むM。

「俺みたいな人間が、か」ヤッさんはMを見つめる。Mは焼き肉を頰張る。ヤッさんがアジフライに箸を入れながら口を開く。「お前はそうやって自分を卑下するが、俺はお前はお前で立派だと思うがな」

「立派？　俺が？」驚いたような表情で顔を上げるM。

「立派っていうか、何て言えばいいのか分からないが、俺もお前に負けないくらいろくでもない人生を歩んできたつもりだ。子供の頃から色んな大人を見てきたが、どいつもこいつも似たり寄ったりの人間ばかりだったぜ。俺のような人間はいつも弾かれて生きてきた。見下されて生きてきた。でもお前はどこか違う気がする。お前は誰とでも対等であろうとする。俺みたいな人間を最初から受け入れてくれたしな。いきなり親しく接してくれた。ヤクザと聞いてもビビりもしなけりゃ偏見もない。いきなりタメ口だ」そこで笑うヤッさん。照れたような表情を浮かべ、箸を置くM。

「人ってさ、多分だけど、自分の中にないものを、人に見出す事なんてできないんだ」しみじみとした口調で語り始めるM。

「ん？　どーゆー事だ？」

「クソから観たらクソにしか見えない人間も、優秀な人から観れば、ちゃんと優秀な部分も見えるし、いい所をたくさん持ってる人間が観たら、その人のいい所なんて、ボロボロ見つかるんじゃないかな、ていう話」

「……なるほど……、言ってる事がさっぱり分からねぇ」

「だとしたら、どういう人間が人を教育したり、指導する立場に立つ事が、世間からクソだと思われてるような人間にとって、幸せな事なのかな。世の中に偏見が溢れてるのは、人類の世界的な経験不足に原因があるんじゃないのかな、ていう話」

「ふむ……、そうか、なるほどね。俺にはまったく理解できないが、お前がそう思うんなら、きっとそうなんじゃねぇか？」

「ふふ、好きだなー俺。ヤッさんのそのテキトーな感じの優しさ。理解なんかできなくたって、あっさりと受け入れて認めてくれる」

「テキトー？　俺はいたって真面目なつもりなんだが、俺にそれが見出せないなんてのはつまり、お前に真面目さが欠けてるという事になるんじゃねぇのか？」

きょとん、とした表情を一瞬見せた後、Mが笑い声をあげる。「あはは、その解釈で間違いないよ。凄ぇなヤッさん。やっぱ、ヤッさんは凄いよ」

「何がだよ、さっきから。おちょくってくれてんのか？」

「まさか、ヤッさんをおちょくるなんてとんでもない」

「お前の考えは俺にはよく分からん。俺には難し過ぎるのかも知れない。それでも、お前は何か違う気がするぜ、俺が今まで出会ってきた人間たちとはな。それを立派というのかどうかは分からないが、お前を見てるとそう捨てたもんじゃないと思えるぜ。たとえ精神を病んでいたとしてもだ」

「ありがとう、ヤッさん。俺はヤッさんや闇医といると、何だか素直になれる気がするよ。臆する事なく自分を出せる気がする。まあ、これが俺なんだとしたら、俺という人間は、そーとー偉そうな人間なのかも知れないけどね」

「そうか。しかし、お前が政治に興味があるとは知らなかったな」感心したようにMを見やるヤッさん。

「ないよ、そんなもん」あっさりと否定するM。

「ないのかよ」ツッコむヤッさん。

「ないよ、あんなの見ててもつまらないもん。あんなもん、ただの潰し合い、足の引っ張り合いだ。野党は与党の足りない点、至らない点ばかりをあげつらう。至らない点はそれぞれの政党で補い合えばいいものを、協力するつもりは更々ない。すぐに敵対する。潰しにかかる。まるでガキの喧嘩だ。与党にはせっかく重役を任されたのに、立場もわきまえずに不祥事や汚職を平気でかます奴ばかり。誰に何を任せればきちんと職務を遂行してくれるのか、それすらも分からない始末だ。責任感の欠片もない、人として未熟過ぎる輩が多過ぎる、傲(おご)った輩が多過ぎる。代替案もない癖に、一丁前に批判だけする奴もいる。そんな事は誰にだってできる。政治家である必要はない。政治家なら政策で勝負しろってんだ。実際どうしたら国が良くなるのかなんて、誰も分かってないんじゃないかな。そう思えるくらいくだらないヤジが多過ぎる。

傲った失言が多過ぎる。そんな奴らの潰し合い、足の引っ張り合いで、国が良くなるなんて思えないよ」

「辛辣だな」

「まあ、全員が全員そうとは思わないけどさ、ニュースなんか見てるとそんな印象しか残らないね」

「まあ、確かにな」

「営業は社内でも応用できる。もちろん家庭内だろうが国交の場だろうが、何にだって応用が利くんだ。まずは現状を把握する事、社員の望み、要望、困っている事、悩んでる事、心配事、弱みなどを把握して、社長はできる限りの事をしてやるべきだ。真っ当な親が自分の子供にしてやるように。社長は一流の営業マンだが、社内に対してはそれができない。でもできるはずなんだ。そしてそれが会社の為になるって事が分かっていない。その辺の意識を変えてもらうところから始めないと。そして考えを改めてもらう」

Mの書き込み十四

物量的　頭脳的　体力的　経済的

あらゆる負担は精神的な疲労を招き
精神的負担はすべての効率を低下させる

権力とは
常に立場・力の弱い者の為に行使されるべきであり
それを行使する事が人の上に立つ者の使命であるべきだ

貧困　虐待　病　イジメ　犯罪　テロ
自殺　紛争　過労　借金　雇用　経済
問題山積の世の中で
人々の苦しみは溢れている
現状把握と原因の究明
解決策はそこから生まれる

反戦？　反核？
目の前の苦しむ人を救えずして人は何もできない
何かを成し遂げる為に犠牲が必要ならば
自分が犠牲になるべきだ

自分だけ安全を確保するような何の覚悟もない人間に
何かを成し遂げる事など決してできない
自分の都合でしか物事を考えられない人間には
何も成し遂げられないのである

ギクシャク

問題山積って、この会社の事か？
苦しんでるのが社員で、自分の都合でしか物事を考えられないのが社長だ。
あいつ、また社長をディスってるワケ？
おもしれぇ。

朝礼、みんなが本日の行動予定を告げた後、社長が唐突な挨拶を述べる。
「おはよう。みんな、聞いてくれ。社長っていうのは、家族で言えば親も同然だ。家族の幸せを願わない親はいない。俺は当然社員の幸福を願っている。みんなの事もちゃんと考えているよ」

へー、社長そんなこと考えてるんだ。よく言うよ。白々しい。Mのホームページを意識してるな。ウケる。

「その為には会社を大きくしなければならない。今は大変な時期だと思う。生みの苦しみだ」

知らねぇよ。何だよ生みの苦しみってよ。この会社が大きくなるかとか、興味ねぇんだよ。早く別の会社に移りてぇよ。

「でもいつか必ず楽させてやる。今は踏ん張ってほしい。いつかみんながこの会社で働いていて良かったと思えるような会社にしたいと思っている」

いつなんだよそれはよ。その頃には誰もいねぇよ。その前に潰れてるな。

「だから今は我慢してくれ。今は耐えて、頑張ってほしい。いつか必ず会社を大きくして、楽な生活をさせてやるから。俺を信じてほしい」

まったく信用できねぇな。どの口が語ってんだ？　別に楽がしたいわけじゃねぇんだよ。

口を一文字に結び、真顔で社内を見渡す社長。社長と目を合わせる社員は一人もいない。

「今日も一日、よろしく頼む！」社長が大きな声を張り上げる。

「よろしくお願いしまぁす」白けた空気が蔓延する中、皆儀礼的に挨拶を返し、そそくさと仕事に取りかかる。ギクシャクとした雰囲気が社内を包む。

Mの書き込み十五

家族・組織・地域・社会・国・世界

人にはそれぞれ立場というものがあり、役割というものがある。誰かがその立場において、その役割をちゃんと果たしたとして、でも全員がそれぞれの立場において、それぞれの役割をきちんと果たしてくれない事には、本当の意味での機能というのは難しい。じゃあ俺が自分の立場における自分の役割をしっかりと果たしているのかといえば、足りない点、至らない点は多々あるかもしれない。というか、まったく果たしておりません。ごめんなさい！

それでも、自分の役割というものはちゃんと理解しているつもりであり、それを果たすための努力は日々、惜しまないつもりである。そう、まずはそれぞれがそれぞれの立場における自分の役割をしっかりと理解できなければ、役割を果たすなんて事は百パーセント不可能なのである。自分の役割を理解せず、ただただ無為に動くだけでは機能できない。つまりそれは仕事ですらない。まずは自分の立場における自分の役割をシッカリと理解する事、把握する事が重要である。

で、それぞれが自分の果たすべき役割を理解できたとして、世の中にはその役割を果たす為のやる気がなかったり、能力が足りなかったりする人もたくさんいる。人間、やれ！　なんて強制したところでやる気が出るわけでもなく、やってください！　なんてお願いしたところで能力が上がるワケでもない。それでも、それぞれにそれぞれの果たすべき役割を担ってもらうためには、どうしたものかなぁ、なんて考えてしまう今日この頃である。

問題意識・危機意識

そんな事Mの考える事じゃねぇけどな。
でもそろそろホントに考えないとこの会社やべぇよ。
上が機能してないんだよ。
会社全体が機能不全に近い。
体制も整っていなさ過ぎだしな。
確かに。
最近Mは成長してるな。

ホントかよ。

言う事だけは。

ダメじゃん。


会議室に全社員が集められている。不在の社長の代わりに、演説をふるうのは本部長だ。

「今日みんなに集まってもらったのは、今後の売上の話だ。このままでは会社の経営が立ちいかなくなる事はみんな薄々気付いていると思うが、今後は営業以外の人間にも、営業に出てもらう。制作以外の人間は、全員営業も兼任してもらう」

何を今更。これまでも全員が色んな仕事を兼任して、営業から雑用まで何でもこなしてきたじゃないか。そんな白けた空気が漂う。本部長の演説は続く。

「みんなこれまでも無理して仕事をこなしてきたという事は知っている。でも、これからは更にみんなで一丸となって売上を上げていかなければならない状況までこの会社は追い込まれている」

この言葉に、一瞬社員の間に緊張が走ったようにMには感じられた。みんな会社の経営が芳しくないだろう事は薄々気付いていたが、上層部の人間に言葉にされて、初めてハッキリと意識させられたのかも知れない。

「一丸となるのは構いませんが、これまでも制作の人間以外は全員営業にも出ています。それにみんなこれ以上ないくらい仕事の負担を抱えて、いっぱいいっぱいの状態です。それはご存知ですか？」編集長が社員を代表して質問する。

「知っていますよ」本部長が答える。

「全員がこれ以上ないくらい仕事の負担を抱えて今の状況なんです。その現状把握と言いますか、それについての問題意識、危機意識はありますか？」

「危機意識は持っているつもりです」

「じゃあ何とかしてください。どう考えても人手が不足しているんです。人を増やしたところで長続きしないし、こっちも丁寧に面倒見ている暇がない。社長はどんどん事業を拡大しようとするし、足固めってものができないんです」

「新しい事業を始めたばかりで、まだ軌道にも乗ってないのにすぐに新しい事を始めようとする。うちのポスティング事業なんか金を生まないのに、それに社員が膨大な時間を取られてる。社長は何を考えて事業を拡大してるんですか？」Mの同期社員が口を添える。

小刻みに頷きながら本部長が腕を組み、考える姿勢をとる。部長が呟くように言葉を発する。

「社長がワンマン過ぎるんだ。俺や専務の言う事にすら耳を貸さない」専務は無言で目をつむっている。

「専務も部長も社長の友達でしょ？　専務は社長と一緒にこの会社を立ち上げたんでしょ？　何とかしてよ」

「そもそも専務は毎日何をやっているんですか？」

目をつむり、腕を組んで俯いたまま専務がボソリと口にする。

「経理的な事を任されている。お金の事、全般だ。後は雑誌の配送の手配とか、備品の管理とか」

「それって、専務の仕事じゃなくて経理とか総務ですよね。専務の仕事って何なんですか？」

「部長は何をやってるんですか？」

「毎日営業に飛び回ってるじゃないか」

「それはみんなやってます。部長の仕事をしてください。部下を育てるとか、まとめるとか」

「ハッキリ言って制作はもうギリギリの状態です。これ以上売上が伸びたとして、その分増える広告原稿を作っている時間がありません。人を増やしてくれない事には」

「ただ増やしても即戦力にならなければゆっくり教えてる時間もないけどね」

次々と飛び出す社員たちの言葉に、収拾がつかなくなる。

「わかった。取り敢えず今の事業が軌道に乗って形になるまで、新規事業は起こさせない。制作の人間も募集をかけるなり外注を使うなり、工夫する」

その本部長の宣言に、疑いの目を向ける社員たち。ホントかよ。社長が変わらなければ何も変わらないよ。社長を変えてくれよ。

Mの書き込み十六

恐らくだが、人は経験から物事を理解する。想像する。

理解できない部分、想像できない部分、無知と偏見が闇を招く。

同じ言葉も、人によって解釈が異なる。

どんな言葉も、やがて意味を変えていく。

その人の持つ経験や知識、教養、置かれている立場や状況、そしてそこから生まれる理解や、想像の幅によって。

という事は、全ての解釈は誤解であり、全ての解釈が誤解となる。

なぜなら、全く同じ経験、同じ知識、同じ教養、同じ立場、同じ状況でもって生きる人間などこの世には存在しないからであり、生まれ持った能力も人それぞれ、という事は、同じ言葉に対して、全く同じ理解、同じ想像をする人間なんてこの世には一人もいないという事になり、ズバリ目に見えもしない、この世で唯一存在するその人間の内面を、言葉や行動、振る舞い、雰囲気だけで判断するあたり、想像のみで完璧に理解する事など、絶対に不可能だからである。

つまり、偏見は永遠になくならない。

が、それをどう受け止めるかは人それぞれなので、結局のところ、重要なのは善し悪しだ。

物は言いよう捉えよう。

確実に言える事は、物事を理解し、想像するにあたって、経験不足は致命的となるという事。経験なき者に成長は有り得ない。人間的にも、能力的にも。


言論の自由だか何だか知らないが、無秩序に繰り出される色んな人の、色んな言葉の中からも、それらの事が観て取れる。

物事に対する理解の度合い、想像の度合い、つまり、その人の経験値、知識の幅、教養の程度、懐の深さ、理解力、想像力、人間の大きさ、器、可能性。

それらが増せば世界は広がる。

景色が変わる。

言葉なんて、ガンガン意味を変えていく。


可能性にも二種類がある。

プラスの可能性と、マイナスの可能性。

プラスの可能性は良質な経験から生まれ、ポジティブな能力へと転換される。

マイナスの可能性は劣悪な経験から生まれ、ネガティブな能力へと転換される。

ものとする。
が、しかし
劣悪な経験からでもプラスの可能性を生み出す事ができなければ、
劣悪な環境で育った人間は浮かばれない、救われない。
極論、そんな人間は、マイナスの可能性しか持ち得ない事になり、
ネガティブな能力しか持ち得ない事になるからだ。
人間の可能性とは、その全てをプラスに転換させる潜在的な力の事であり、
マイナスの要素は可能性の中には取り入れない。
ものとする。

世の中には神様を信じる奇特な人がいる。
神はなぜあなたに苦しみを与えるのか。
人の苦しみが分からない人間に、人の苦しみを救済する事などできないからだ。
などという事を考えてみる。

あなたはなぜ人に苦しみを与えるのか。
神様にでもなったつもりなのか。
もちろん僕にも経験はあるが、

もしそれが故意であるとするならば、思い上がりも甚だしい。
と僕は思う。

この世の中のあらゆる問題を解決する為には、全知全能である事が求められる。

のか？

あらゆる経験はポテンシャルに変わる。
間抜けヅラでもぶら下げて
ぬるま湯にでも浸っていない限り
その経験からしか学べない事がある。
その経験を積んだ者にしか分からない事がある。
想像できない事がある。

蛇の道は蛇。

君にしか分かり得ない君だけの真実。
君にしか感じ得ない君だけの感性。

そこからしか観る事のできない君だけの景色。
それら全てをプラスの力に変える時、可能性は生まれる。
世界が広がる。
君だからこそできる、何かに気付く。
その力を、必要とする人がいる。

打破する力、打開する力、想像する力、構想する力、破壊する力、創造する力、構築する力、開拓する力、見出す力、育む力、育てる力、導く力、生み出す力、励ます力、癒す力、助ける力、受容力、包容力、洞察力、思考力、判断力、理解力、発想力、発信力、語彙力、読解力、表現力、折衝力、交渉力、説得力、決断力、行動力、実行力、求心力、全世界の総合力。戦闘力。全人類の人間力。

人類の経験、知識、想像、理解、教養、知恵、構想、決断、行動、能力、成長、実行は、神を超えるか。
全知全能に取って代われるか。

想像　実践実践実践実践　その、繰り返し。

愛他主義の氾濫。
犠牲精神の乱逆。
理想国家の爆心。
フリーダムの逆鱗。

講演会

なにやらゴチャゴチャ難しいこと書き始めたけど、全知全能って、だんだん宗教じみてきたぞ？

大丈夫かあいつ。

この日、Mとヤッさんは、とある公立の小学校に来ていた。社長が講師を務める講演会の会場である小学校の体育館で、教師、生徒らと共に大量の椅子を並べているところだ。準備の手伝いを頼まれたのである。壇上の上の方には大きな横断幕に、W教育通信社の名前と社長の名前、『今後の社会を生き抜くために求められる教育』という本日の講演のテーマらしきものが書かれている。

「社長、何を話すつもりだろうな」折り畳み式の椅子を広げながら、ヤッさんがMに話しかける。

「社長の教育方針、興味あるね」せっせと椅子を並べながらMが答える。

「社員の教育とはまた別の方針なんだろうな」とヤッさん。

「社員の教育方針と一緒だったらウケるね。放任主義と言うよりはただの丸投げ、放ったらかしだ」

「確かに、言えてるな。家ではどんな父親なんだろうな」ふと疑問に思った事を口にするヤッさん。

「それが今日の講演で分かるんじゃないか？　楽しみだな」とMの口調は興味津々だ。


講演スタート三十分前、会場は参加者たちで少しずつ埋まってきていた。Mとヤッさんはステージの裾で控えながら社長の到着を待っている。そこへ、小学校の教員が血相を変えてやってきて、「W教育通信社の社員の方ですよね」と訊ねてくる。

「そうですが」とヤッさんが答えると、「社長さんが交通事故に遭われたようで、講演に間に合いません」と告げる。

「社長が交通事故？」ヤッさんとMが顔を見合わせる。「で、社長は」とヤッさんが訊ねると、「車同士の接触事故で、特に命に別状はないみたいですが、膝を強く打ったらしく救急車で病院に運ばれています」と説明が返ってくる。

「救急車？　マジか。ヤバイな」とヤッさんが呟いたところでヤッさんの携帯が鳴り響く。その音にビックリしたようなリアクションをとる教員。

「おっと。マナーモードにし忘れた」などと言い訳になっていない言葉を口にしながら携帯のディスプレイに目を落とすヤッさん。

「社長だ」そう言いながら一度Mと教員の顔に目を向け、応答ボタンを押す。

「お疲れ様です。社長、大丈夫ですか？」とまずは心配してみせるヤッさん。

「おおヤッさん、もう聞いてるのか。ちょっと車で事故ってな」と社長の声が携帯から漏れ聞こえる。

「膝をやっちまった。今病院だ。講演には行けん」

「もう人集まっちゃってますよ」

「すまんが頼む」と、痛みをこらえているのか、くぐもった声で短く言葉を放つ社長。

「頼むって何をです？　まさかこの俺に講演しろっていうんじゃないでしょうね」

「いやそんな事は言ってないよ」

「じゃあどうしろって言うんです？」

「今日は教育についての講演だ。参加者もそのつもりでいる。すまないが質問形式に変更して、相手に色々質問させて、それに答えてやってくれ。教育通信社らしく」

「ば、バカな事言わんでくださいよ。俺は元ヤクザですよ？　ロクな教育なんか受けてこなかったし、教育なんて語れる柄じゃありませんよ」

その言葉を聞いていた教員が目を丸くし、顔が強張るのが見えた。

「Mもいるんだろ？　あいつは確か国立大の出だ。すまないが、二人で何とか頼む」怪我が思ったより深刻で、電話で話をするのも辛いのか、それとも今まさに治療の最中で、長話をしていられる状況じゃないのか、一刻も早く電話を切りたそうに思える言い草だ。

「それで参加者は納得するんですか？」と聞いてみる。すると、「どうせ今回、参加費はタダだ。一銭にもならない。知り合いに頼まれたから仕方なく引き受けたんだ。誰も贅沢は言わんだろ。よろしく頼むよ」

「そういう問題では」ないと言おうと思ったところで電話が切れた。仕方なく携帯をポケットにしまうヤッさん。

「聞こえたか？　社長は来られない。俺とMで何とかしろとよ」

もちろん話し声は漏れ聞こえていた。社長の余計な参加費の話に、気まずい思いをしたくらいだ。

「じゃ、そういう事で、よろしくお願いします」ごほん、と咳払いをして教員が去っていく。

二百席ほど椅子を並べた会場がほぼ満杯状態になったところで、講演の開始時刻となった。司会進行役の教員に名前を紹介され、ステージに置かれている演台のマイクの前へと進み出るヤッさんとM。会場を見渡し、人の多さに緊張が走る。参加者は半分が生徒で、半分がその保護者のようだ。両者交ざり合ってバラバラに座っている。しばらく無言の壇上の二人。ざわっいていた体育館が静まり返り、沈黙が流れる。ヤッさんがMの腕を肘でつつき、話を始めるよう促すが、何をどう切り出せばいいのかが分からず、取り敢えず会場全体に何度も頭を下げてごまかしているM。どう見ても挙動不審だ。そこで進行役の教員から助け舟が出される。

「今日はW教育通信社の社長様に講演をしていただく予定だったのですが、急遽予定を変更いたしまして、質問形式に代えさせていただきたいと思います。教育についてがテーマですので、教育に関する事なら何でもご質問ください。W教育通信社の社員の方が教育についてビシッと、お答えします」

ざわつき始める体育館。急にそんな事を言われても何を質問していいか分からない、そんな感じの雰囲気だ。お前質問しろよ、あなたがすればいいじゃない、そんな譲り合いも垣間見える。

「皆さんお静かに！　質問のある方は挙手でお願いします。生徒でも保護者の方でも構いません、挙手をして何でもご質問ください」と進行役の教員が仕切る。すると、一人の保護者らしき若いお母さんが遠慮がちに、恐る恐るといった感じで手を挙げる。誰も質問しないなら私が、といった感じだ。

「はい、じゃあお母さん、ご質問をどうぞ」と進行役の教員が指名する。別の教員が指名された母親の元へマイクを持ち寄ると、目礼をしてマイクを受け取った母親が口を開く。

「ええと、じゃあ私から質問させていただきます。私は中学一年生と、あとこの小学校に通う小学五年生の母親ですが、子供が言う事を聞かなくて困っています。勉強をするように言ってもまったく勉強しませんし、学校の明日の準備なども、するように言ってもまったく言う事を聞きません。子供に言う事を聞かせるようにする為にはどうしたらいいでしょう」

隣に座っているその母親の小学五年生の子供らしき男子生徒が、母親の顔を見上げて照れたような笑みを浮かべている。壇上で固まり、お互い顔を見合わせて戸惑っているヤッさんとM。進行役の教員が、「ありがとうございます。ではそれについてのお答えを、よろしくお願いいたします」と言って壇上の二人に振る。Mがヤッさんに丸投げするかのように一歩後ろに下がる。それを見て、マジかよ、と呟きながら、仕方なくといった感じでマイクに顔を寄せるヤッさん。緊張を吹っ切るかのように壇上に両手を突くと、話し始める。

「ええと、ご質問ありがとうございます。子供が言う事を聞かないという事ですが、子供に言う事を聞かせる必要はありません。子供には子供の自由がありますし、子供の人生ですから、勉強しようが勉強しまいが子供の自由です。学校の準備についても一緒です。準備を忘れて困るのも、先生に怒られて嫌な思いをするのも本人ですから、それが嫌ならやるはずです。やらないという事は特段困る事も嫌な事もないのでしょう。心配はいりません。すべては本人の自由です」とここまで一気に言って、前のめりになっていた体を直立させるヤッさん。その答えに、ざわざわとし始める場内。まったく納得いかない様子の質問した母親がマイクを口元に持っていき、反論する。

「じゃあ、子供は勉強しなくてもいいという事ですか？　確かに、おっしゃる通り子供の人生です。でも、子供にはまだ分からない事がたくさんあります。今勉強しなくて、将来困る事になるのは子供なんです。でも子供にはそれが分かりません。だから親が口うるさくても、勉強はさせた方が良いと思うのですが、それについてはどう思われますか？」

　その質問に再びマイクに口を近づけ、即答するヤッさん。

「そうです。困るのは子供です。だから自己責任という事で、将来困りたくなければ勉強すればいいだろうし、困ったところで誰も責任なんか取っちゃくれないよ、て事を学ばせるのもまた勉強です。後悔先に立たず、自分の人生は自分のものなんだから、何をやろうが、何もしなかろうが、それは本人の自由です。その代わり責任も自分で負うしかない。自分の人生、後悔したところで誰も責任なんか取っちゃくれないよ、とそれだけ教えておけば大丈夫じゃないですか？」ざわつきが大きくなっていく場内。先ほどの母親が再び口を開く。

「子供が困る事が分かっているのに、放ったらかしにしておけという事ですか？　あまりにも無責任じゃありませんか？」口調が荒くなっている。

「勉強したからって幸せになれるワケじゃあないのに、無理やり勉強させるのもそれはそれで無責任だ。本人がやりたくないなら仕方がない。そもそも勉強ができたからって偉いわけでも何でもないのに、なぜ、そんなに勉強にこだわるのかが分からない。私は学校なんかほとんど行かなかったし、最終学歴は中学中退だが、その事で困った事なんか一度もない。学校の勉強なんて、字の読み書きができて計算ができれば何とかなるもんです」何者なんだろうあの人は、何であんな人が教育通信社にいるのかしら。勉強しなくてもいいんだってさ、困った事ないんだって、保護者から子供からコソコソと話し始め、ざわつきが大きくなっていく。マイクを持った母親は不信感の籠った目付きでヤッさんを見つめている。するとその母親の子供らしき隣に座っていた男子生徒が立ち上がり、母親のマイクに口を近付けて大きな声で質問を発する。

「じゃあ何で先生や親は子供に勉強しなさいと言うんですか？」

その質問に戸惑いを見せるヤッさん。「それは……、俺にはさっぱり分からない。俺は親に勉強しろと言われた事も、子供に勉強しろと言った事も一度もない」

ざわめきは収まらない。会場中の目がヤッさんに向けられている。何で？　何で勉強しなければいけないの？　子供たちが心底不思議そうに話し始める。困った様子の保護者たちが見える。

「質問にお答えください」と進行役の教員が口にする。一歩後ろに立っているMに目を向け、お前分かるか？　と小声で訊ねるヤッさん。質問に答えろよー、一人の子供が若干控えめに、でも壇上の二人に聞こえるくらいの絶妙な声量で叫ぶ。お前国立大の出らしいな、そう言いながらMをマイクの前に引っ張るヤッさん。いや、それは関係ない……、小声で呟きながらマイクの前に立たされるM。ざわつく会場を見渡し、仕方なく、といった感じでマイクに顔を近付ける。そして戸惑いながらも口を開く。

「えーと、なぜ、先生や親は勉強しなさいと言うのか、という質問の答えですが……」緊張した面持ちのM。会場がMの話に耳を傾けようと静かになっていく。

「恐らくですが、あのクソみたいな学歴社会の名残ではないかと思われます」

く、クソみたいな学歴社会？　クソみたいって。再びざわつく場内。慌てて言葉を繋ぐM。

「あ、いや、クソみたいっていうのは、言葉のあやです。すみません……、本音が、いや、失言です。でも、学歴社会が人々の考え方に歪みを生じさせたのは確かだと思います」

Mの話に耳を傾けようと静まりゆく場内。

「えっと、つまり、学歴社会というのは、勉強のできる人を評価して、いい大学に進学できた人が一流企業へ就職でき、安定した生活が送れるという、そして一流企業に就職する事がステータスであり、安定した生活を送る事が幸福であるという妄信を抱かせた社会であり、大半の人間がその妄信に向かって、自分の幸福の為、そして言うなれば自身の保身の為に一斉に突っ走った社会であるとも言えます。まあ国際競争に負けたくないとか、優秀な人材を生み出したいとか、色んな思惑があったのかも知れませんが、明らかに失敗であり、それが必ずしも正しくない事は周知の通りです」

そこで言葉を切るM。場内はMの言葉に耳を傾けている。

「えっと……」Mは落ち着かない様子で質問の答えを探している。

「つまり、勉強ができれば幸福に近づくという、間違った考えの名残があるので、親や先生は子供に勉強しろというのだと……、少なくとも僕の親はそうだったのではないかと……思います」

「じゃあ子供に勉強をさせるのは間違っているという事ですか？」マイクを持った母親から即座に質問が飛ぶ。

「いや、間違っているというか……、つまり、僕が言いたいのは、学力で人を評価するような社会が間違っているというか……、もし、ですよ？　学歴社会で本当に優秀な人材が育っていれば、今のような世の中にはなっていないと僕は思うのです。勉強のできるできないで人に優劣を付ける、そんな社会が良い社会で、世の中を良くできるなら、今の世の中、もっとマシになっていると思うのです」

「マシとは？」

「えっと……、今の世の中を、見てください。イジメ、虐待、自殺、犯罪、テロ、問題が盛りだくさんです。お陰様で精神を病む人間は後を絶ちませんし、平気で迷惑行為に及ぶ人間、些細な事で暴力行為に及ぶ人間、無責任な大人たちもたくさんいます。自分が良ければそれでいい、他人の事なんてどーでもいい、そんな利己的な個人主義みたいなものが横行する今のこの社会で、本当に幸福を感じて生きている人間が一体どれだけいると思いますか？」

Mはマイクを持っている母親に質問を投げかける。しかし、母親は自分が質問された事に気付かない。仕方なくまた口を開くM。

「まあ……、何気にいるかも知れませんが……。でも学力で評価されるような社会で育つ子供は可哀想です。学歴社会で育った今の大人たちにも、そんな社会の歪みに呑まれた人はたくさんいると思っています。だって、さも勉強のできる人間が優れている、みたいな世の中で、やりたくもない勉強を無理やりさせられて、やりたい事もろくにさせてもらえず、つまり本当の自分を殺して、望みもしない人生を歩んでいるわけですから、よしんばいい成績が取れたとしても、一流企業に就職できたとしても、それが楽しければいいですけど、何かが違う、自分の望んでいた幸福とはこんなものだったのか、なんて疑問を感じた日には目も当てられません。人生の大半をやりたくもない、クソつまらない事で費やしてきてしまったワケですから、その心が満たされるワケもなく、よしんば大金を手にできたとしても、その豊かさの中で、もちろんそんなものは見せかけの豊かさであって、本当の豊かさからは程遠く、むしろ心は渇き、飢えている。そんな心の貧しい人間が心を満たす為にする行為なんて、考えるだけでもゾッとしませんか？」

再び質問を口にするM。しかし誰も答えない。

「つまり……、心の貧しい人間が、その心を満たす為にする行為というのは、他人に向けて自分を誇示する為の行為だったり、自己顕示欲を満たす為だけの身勝手な行為だったり、具体的に言うなら、自分より劣った人間を見下したり、バカにしたり、心のやり場のなさを弱者に向けるイジメだったり、良からぬ事に手を染める犯罪だったり、子供に牙を剝く虐待だったり、果ては殺人、暴動、テロ、そんな行為に及ぶ人間もたくさんいるという事です。勉強のできない人間は感じる必要のない劣等感を抱く事になりかねません。自分はダメな人間だ、劣った人間だ。そうなるともはや心が鬱屈している人間だらけ。勉強ができても、できなくても、同じ事です。心が鬱屈している人間が、その鬱屈を晴らす為にする行為なんて、考えるだけでもゾッとしませんか？」

質問を投げかけるが、もはや答えを待つ事もなく続けるM。

「もちろん、全員が全員そうなるとは限りませんが、心の鬱屈を晴らす為に、下らないクソ行為に及ぶ人間は必ず現れます。現にたくさんいる。モラルの低下や犯罪の多発はその現れです。それが今の社会、学歴社会を含む色んな時代を経て到達した現時点での社会の結果であり、成功しているとも、豊かであるとも言い難く、またそこへ向かっているともとても言えない、この世の中の現状だと僕は思っています」

Mはここで言葉を切るが、場内は静まりかえったままだ。そんな事を意識しながら、再び口を開くM。緊張で足が震えそうだ。喉が渇く。口も渇いてきた。そんな事を意識しながら、再び口を開くM。

「今、格差社会と言われていますが、教育を受けるのにもお金がいります。やりたくもない勉強ばかりができる子供、勉強くらいしかできない子供、そんな子供を評価する親や先生や世の中、在りのままの自分を受け入れてもらえず、不満や虚しさばかりが募る優等生、打ちひしがれる劣等生、貧乏人。金持ちの子供はいい教育を受けられるかも知れない、自分が望んでるような教育ではないにしても。でも貧乏人は教育すらまともに受けられない。金のかかる教育を受けた人間だけが更に裕福となり、教育を受けられない人間はいつまで経っても貧乏のまま、もしもそんな世の中がこのまま進行すれば、格差はますます広がる一方、どちらに転んだところで、心が鬱屈する人間は増大、このまま行けば、モラルや治安は地に堕ちるでしょうね」

そこまで一気に喋り、会場の雰囲気を確認するM。場内は静まり返っている。

「じゃあどうすればいいんですか？　どうしたらより良い人生が歩めると言うのですか？」マイクを持った母親が質問する。

「それは……、難しい質問ですけど、でも、世の中求められているのは間違いなく優秀な人材です。どんな世界でもそうです。大企業でも、中小企業でも、公務員でも、政治の世界でも。でも優秀な人材と勉強のできる人材は違うんです。もちろん、皆さんご存じだとは思いますが。だから目指すなら勉強のできる人間よりも、優秀な人材を目指すべきです」

「優秀な人材とは？　どういう人が優秀なんでしょう」

「それは……、その人が何を目指したいかにもよると思いますが……、例えば企業に就職したいのであれば企業に利益をもたらす人材、事務処理なんかをスムーズに行える人材……、いや……」そこで口をつぐみ、少し考えるM。そして閃いたような顔をして再び口を開く。「企業にも、国にも、社会にも、問題は溢れています。その問題を解決し、いい方向へ導ける人間が優秀な人材と言えるのではないでしょうか……、と僕は思いました、今」

「今？」

「はい、つまり……、企業で言えば、売上が上がらない、利益が上がらない、人手が足りない、いい人材が採用できない、いい人材を育成できない、社員が定着しない、社員の士気が上がらない、などの問題があります。それらの問題が解決できれば企業はうまく回ります。発展する事も可能でしょう。公務員だってそう。例えば学校なんかだと、イジメ、体罰、登校拒否、学級崩壊、生徒の学力が上がらないなどの問題があります。これらの問題のない学校はいい学校と言えると思います。このように、問題はどこにでもあります。それらを解決し、いい方向へ導く事のできる人間が優秀な人材と言えるのではないでしょうか。政治の世界もそう、警察だってそう、汚職、犯罪、不況、雇用、原発や地球温暖化もそうですし、テロや戦争なんかも問題です。世の中、そうした問題を解決できる人材が求められているんじゃないかと僕は思いました、今。学校の勉強ができたって、優秀な人材とは限りません。なぜなら、机上の勉強では身に付けられない事が世の中にはたくさんあるからです。例えばイジメという問題があります。解決する為には何が必要かと言えば、イジメっ子に立ち向かう勇気とか度胸、イジメられっ子の気持ちを思いやる優しさや想像力、そして解決する為の知恵、行動力、実行力、後は、何だ……、そんなところですかね。それが机上の勉強で身に付きますか？　という話です。イジメはなくならないと言う人も世の中にはいます。なくせよ、と僕は思います。周りにいる誰かが、先生でもいい、友達でもいい、級友でもいい、誰かが勇気と知恵をもって行動を起こせば、解決できるんです。でもそれは机上の勉強では身に付きません。勇気や行動力、人の気持ちを思いやる優しさや想像力なんてものは、学校の勉強では身に付かないからです。経済の問題もそう。みんなお金が欲しいと言う。だったら社会に貢献する事、人の役に立つ事を考えるべきです。人の望みを叶えてあげたり、困っている事、悩んでいる事を解決してあげたり、そんな物やサービスが提供できれば、お金は稼げます。世の中から必要とされれば、それはお金になるのです。人間、便利なもの、役に立つもの、いいと思うものにはお金を出すからです。お金を払ってでもそれを享受しようと考えるからです。足りないものは知恵、つまりはアイディア、新しい発想です。今はない新しいサービス、人の心を豊かにし、役に立つ事のできる新しい何か。そういうものを創造し、確立するアイディアと実行力、または技術力さえあれば、お金になるんです。詐欺なんか働いたり、悪い事なんかしなくても、デカい企業に就職なんかしなくても、お金は手に入ります。世の中にそういうアイディアがたくさん溢れて商品化されていけば、世の中欲しいものだらけだ。みんながお金を使う。お金が回る。そうすれば働く人の給料だって増えるだろうし、経済だって活性化される。景気だって良くなるかも知れない」

　そこまで喋って自分が熱くなっている事に気付くM。場内の視線はMに注がれている。急にそれを意識してしまい、戸惑いを見せるM。

「まあ……、つまり……、優秀な人材って言うのは、世の中から求められる人材の事で、世の中から求められる人材というのは、世の中のあらゆる問題を解決して、いい方向へ導いてくれる人材の事なんじゃないかと、さっき思っただけです……」尻窄みに声が小さくなるM。場内の視線を一身に受け、緊張しながら更に続ける。

「まあ……、もちろん学校の勉強が全く役に立たないと言っているワケではありません。例えば、難病を治す薬を創るには知識や研究が必要です。温暖化を解決するにもそのメカニズムを理解しなければなりません。原発の問題もそう。もっと安全で、安価で、高性能な物を開発するには、知識や研究が必要です。物理学や化学でノーベル賞を取る人たちなんかは、大きく世の中に貢献している人たちです。勉強を世の中に役立てている人もたくさんいますし、そういう人たちがいなければ世の中解決できる問題も解決できません。新しいアイディアを生み出すにも色んな知識が必要でしょう。でも、大切なのは学んだ事をどう役立てるかという事です。

ただ勉強のできる人間を目指すというのであれば、僕には意味が分かりません。勉強だけできても意味はないのです。まあ、本人がそれで楽しいって言うならそれはそれで全然構わないとは思いますけど、でもそれだけでは食べていく事すら難しい。そんな人間が本当に社会の役に立つのかと言われれば、僕は疑問に思います。だから、勉強のできる人間を目指すよりも、できれば世の中の役に立つような人間を目指していただきたいなぁ、と僕は思うのです。その為に必要であるなら、勉強もガンガンやって欲しいとは思いますけど。それが皆さんに求められている事であり、それが将来豊かになれる、一つの方法だと僕は思うからです」

静まる場内。マイクを持った母親が発言する。

「それは理想論に聞こえなくもありませんが。現実的にはどうなんでしょう」

「もし、それを理想だと思うなら……、理想は人々の希望です。追わなければ叶わないと思います」

そこまで話し終え、会場を見渡すM。会場の雰囲気は微妙だ。Mの話に納得しているのか、していないのか判断は難しい。だがザワつく様子はない。ボソボソと話をする者はいるものの、比較的静かな場内。皆Mの話を吟味している、といったところか。そこで一人の保護者が手を挙げ、マイクを要求するかのように辺りを見回す。その保護者の元へマイクが届けられ、マイクが渡ったところで、この学校の生徒の母親らしきその女性が話し始める。

「仰る事はよくわかりました。あなたの言う事は素晴らしい事なのかも知れません。理想を抱く事も大切です。でもやはり親としては子供に勉強して欲しいです。世の中があなたの語るような人材で溢れかえれば、それは素晴らしい事なのでしょう。世の中もきっと良くなるのでしょうね。でも現実的には難しいと思います。みんながみんな、そんな優秀な人材になれるとは思えません。この問題だらけの世の中で、やはり自分の子供には苦労はさせたくありません。うまくいくかどうかも分からないそんな教育を施して、子供を社会へ放り込むくらいなら、安定した企業に就職して欲しい、そう思うのが親心というものです。勉強もして欲しい。一流企業と呼ばれる会社に就職する為に、いい大学に入る事が必要なら、いい大学へも行って欲しい。もちろん他にやりたい事があるならそれをするのもいいでしょう。でも勉強が疎かになるようだと、親としてはやっぱり心配です。そんな親の気持ちをどうお考えですか？」

発言した保護者のその意見に、うんうんとうなずく他の保護者たちの姿が壇上から見渡せる。そんな親の気持ちがさっぱり理解できないMは、目をぱちくりとさせて不思議そうな顔でその様子を眺めながら、質問の答えを探している。足が震えている。声も震えそうだ。そんな事を考えながら、「えーと、そうですねぇ……」天井を見つめたり、下を向いたり、落ち着きなくそわそわと顎に手をやって考えた末、その質問には答えず、別の方向へと話を向ける。

「僕は人に何かをしてもらいたかったら、素直に頭を下げて頼むべきだと思います。強制したり、その人がそれをやらざるを得ない状況へ追い込むようなやり方は個人的には反対です」

「子供に勉強して下さいって、頭を下げて頼むんですか？」質問した母親が素っ頓狂な声を上げる。「それで子供は、勉強しますかね」

「さぁ……、それは分かりませんが、でも強制してやらせたところで、子供の心は不満や鬱屈が募るだけで、実際大した事は何も身に付かないような……、しかもそれだと心が育たないような……、そんな気がします」

静かな場内。質問した母親もMの言った事を考えているのか、口を開かない。先に口を開いたのはMだ。

「ただ、子供に勉強させる方法が実は……、一つあります」

「何ですか？ それを教えて下さい」保護者たちが色めき立つのが見える。Mは多少ビビりながらも口を開く。

「それはですね……、お子さんが自ら勉強したくなるように仕向ける方法です」

「自ら勉強したくなるように仕向ける？ どうやって」マイクを持った母親が即座に質問する。

「それを考えるのが親や先生の務めなんじゃないでしょうか、と僕は思います。方法は色々あると思いますが、例えば、子供は親の背中を見て育つなんて言いますから、まずは自分が何か熱心に勉強を始めてみるとか、それがダメなら子供と一緒になって自分も学校の勉強をしてみるとか、それでもダメなら日常の勉強が役立つ事柄に目を向けさせて、子供が勉強に興味を持つように仕向けてみるとか、もしくは勉強した先の将来を想像させて、勉強したくなるように仕向けてみるとか、あの手この手であらゆる工夫を凝らすのです。正直、難しいかも知れません。一筋縄ではいかないと思います。でも、人に何かをしてもらいたい時、その人の自由意志を無視する行為は、僕は反対です。人の自由を奪う権利は誰にもないからです。だったらその人が自分の意志でそれをやりたくなるように仕向けてやる事が、一番の方法だと僕は思うのです」

場内は静まりかえっている。Mの言う事がよく分からないのかも知れない。Mの言う事を吟味しているのかも知れない。

「まあ、実際難しいと思います。でも、だからこそそこに成長の余地があるんじゃないかと僕は思うんです。人が人を育てる時、大切なのは自分も一緒に成長しようという気持ちなんじゃないかと僕は思います。だって、人に成長を求めるのに、自分は成長しないなんてフェアじゃありませんから。フェアでない人間に、一体何が教育できるのか、というところも疑問です。何かを強制するのは簡単です。立場や力の強い人間が、立場や力の弱い人間に強制的に何かをやらせる事は簡単ですが、でも強制したところで、その人がやる気になるワケではありませんし、やる気のない事を嫌々やっていても、成長できるのかだって怪しいですし、効率だっていいはずがありません。誰一人楽しくもない。人が成長もできない行為の何が教育なんだか、僕にはさっぱり分かりません。だったらその人が少しでもやる気になるように、その気になるように、工夫して育てていく。どうすれば相手がその事に興味を示すのか、やる気になってくれるのか、考えて工夫するのです。難しい事に敢えて挑戦する。それを考えて実践する事が自分の成長にも繋がると思いますし、相手の成長にも繋がるのではないかと僕は思うのです。親もそう、先生もそう、会社の上司だってそう、そうやって自分も一緒に成長していく姿勢こそが重要じゃないかと僕は思うのです」

「あなたは、そうやって育てられてきたのですか？」

「いいえ、僕は強制されて勉強をしてきた口です。僕のようになるのが可哀想だと思うから僕は強制して人に何かをやらせる事には反対なのですが」

「あなたがどういう人間なのか私は知りませんので可哀想かどうかは分かりません。ただあなたは強制されて勉強してきたと言いましたが、大学には行ってるのですか？」

「まあ……、一応……、国立大学を卒業しています」

へぇ、国立ね。そこそこの大学出てるのね。国立って頭いいの？ ピンキリよ。

「でも受験勉強なんて、やってる振りして部屋でセンズリこいてましたけどね」と口走るM。センズリって……。子供の前で、なんて下品な。センズリって何？ いいの！ 少しザワつく場内。慌てて口を開くM。「いや、まあ、それは冗談というか……、ホントの事ですけど。でも、合格できたのは予備校の先生のお陰であって、僕は大して勉強なんかしませんでした。やる気なんて皆無でしたから。かといって大して頭が良かったワケでもありません。その先生、めちゃくちゃ偉そうな先生で、『この業界で本当に先生と呼べるのは何とか予備校の何たら先生と俺くらいなものだ。俺の言う事を聞いてりゃあ間違いない。俺の言う事だけ聞いてりゃいいんだ』みたいな事を言っていたので、何だこいつ、と思って、そこまで言うならと、その先生に教わった問題だけを勉強したんです。そしたらその問題が本番でバンバン出てきて、そのお陰で合格できたようなものです。凄い人に巡り会えたものです。ラッキーでした。出会いというのは大切です。人との出会いが人生を変える、その典型かも知れません。でも、その勉強が今役に立っているかと言えば答えはノーです。興味もなく、嫌々やっていた事が身に付いているはずもありません。受験が終わった瞬間、全て頭から抜け落ちました。それに国立大学を出ても、勤めているのは小さなベンチャー企業なので、何の意味もありません。うちの会社、やる気があれば誰でも入れますし。むしろ国立出てる割には大した事ねぇな、なんて周りに思われて、学歴なんて逆にコンプレックスですよ」そう言って顔を伏せるM。

「いい大学を出たからって、いい思いができるとは限らないという事ですか？」

「そういう事です。いい大学を出てるくせに仕事ができなかったら逆に恥ずかしいですし、何の覚悟もなかったのに、勝手にハードルが上がったようなものですから。僕からしたら学歴なんて、いらないなんてもんじゃないですよ。そもそも、皆さん一流企業に就職したい、子供を一流企業に就職させたいと言いますが、肝心なのは、そこで本人が何をしたいのか、何ができるのかです。単に安定した生活を送りたいからそれを目指すというのであれば、僕は心配になります。一流企業に就職できれば悠々自適な生活を送れる、そんな甘い幻想に取り憑かれているだけの人間が目指して採用してもらえるほど、一流企業はちょろい所なのか。そんな甘い考えで通用するほど、一流企業の仕事はちょろいものなのか。仕事も人生も甘くない。そんな考えで、よしんばいい大学に入れたとしても、いい企業に就職できたとしても、幸福なんて摑み取れる気がしない。それはただの依存であって、いずれは社会の厳しさや理不尽さに直面し、不幸に陥るのがオチではないかという懸念を抱きます」

Mの言った事に納得しているのか、いないのか、誰も何も発言しない。自分の言葉は届いているのか、響いているのか、何か変な事は言っていないか、そんな事を考えながら、Mの緊張は増幅していく。

「分かりました。ありがとうございます。私も自分の教育について、子供の将来について、色々考えたいと思います」と言って質問した保護者が席に座る。しばしの沈黙。そして「よろしいですかね。じゃあ次の質問に移りたいと思います。何か質問がある方、挙手をお願いします」と進行役の教員が先に進める。すると、また一人の保護者が手を挙げる。その保護者にマイクが渡るのを、Mは壇上で静かに待つ。むっちゃ緊張する、そんな事を思いながら。マイクを受け取った保護者は、名前を名乗った後、質問というよりは、Mに相談を投げかける。

「話は変わりますが、うちの子供が引っ込み思案で少し心配です。きっとまだ自分に自信が持てないのではないかと思うのですが、どうしたら子供が自分に自信を持てるようになるでしょうか」と言って隣に座る我が子を見やる。大人しそうなその子供が、照れたように首を竦める。「自信……」そう呟きながら、しばらく考えを巡らせるM。しばしの沈黙の後、声が震えないように気を付けながら、「えっと……、僕は……、人生を生きるのに、自信の有無はそんなに重要ではないと思っています」と恐る恐る切り出す。

「もちろん……、自信があるに越した事はないのかも知れませんが、僕の経験から言わせてもらえば、自信なんかあったってうまくいかない時はうまくいかないし、自信なんかなくたって、うまくいく時はうまくいくように思います。大切なのは、やるかやらないかであって、自信があるかないかではないような気がします。やる人間はうまくいくかも知れないし、うまくいかないかも知れませんが、やらない人間がうまくいく事はありません。自信なんかあったって同じ事です。自信満々のくせに、何もできない人間なんて世の中にはたくさんいます。屁の役にも立ってない。そのくせ偉そう。そんな人間、ザラです。自信なんかなくたって、色々できる人間もいます。ちゃんと誰かの役に立っている。そんなものなくたって、やり続けていればいずれはうまくいく、なんて事もあると思いますし、うまくいかなくてもそれが経験になります。人が成長する為に必要な事は、何事も経験だと僕は思います。失敗や挫折を経験する事も重要です。うまくいかなかった時の経験が、次の成功に繋がるかも知れませんし、うまくいかない人間の気持ちが分かるようにもなるかも知れません。そしてうまくいった時の喜びや達成感、それを重ねる事によって自信も生まれてくるかも知れない、そんな気がします。やれ自信を持てだの、誇りを持てだの言う人も世の中にはいますが、持てと言われて持てるなら苦労はいりません。何でもいいからやるしかないのです。できるか、できないかじゃない、やるか、やらないかです。何にでも挑戦して、色んな経験を繰り返す。失敗は成功の為の大きな経験となりますし、成功体験が増えていけば、いずれはそれが自信に繋がる、なんて事もあるのではないかと僕は思っています。そんな自分に誇りだって持てるようになるかも知れません。なので、もしお子さんが今、何かやっている事があるのなら、何も心配する事はないと思います。継続は力なり、それを続けていけば、いつかそれが財産になると思います。ただ……」と言って少しの間黙り込むM。「もし……」と言って再び口を開く。「今、お子さんが何もやっていないとしたら、それは少し心配になります。他の子が色んな経験を積んで成長していく中で、その子はどんどん差を付けられてしまう。取り残されてしまう。怖いのは成長しない事、成長できない事です。成長できなければ本当の自信なんて持てるはずもありませんし、取り残されて、落ちこぼれて、孤独に陥るのがオチです。かつての……いや、今なお続く、僕のように」そこで言葉を切るM。場内はしんとしている。皆、何をどう言っていいのか分からないという雰囲気だ。

「いや、僕の事はどーでもいいんですけど」慌てて言葉を繋ぐM。「とにかく何でもいいからやってみて、色んな経験を積む事が大切なんじゃないかと、それが子供の成長や、果ては自信に繋がるのではないかと、僕は思います」緊張で声を震わせるM。体も震えている。Mの言っている事は全て、自分の願望だ。子供の頃に自分が言って欲しかった事、自分がして欲しかった事、教えて欲しかった事、それを大人と呼ばれる年齢になってしまった今、思い出しながら述べているに過ぎない。でも、それが自分のような人間を育てない為の方法だとMは思っている。自分のような人間をこれ以上増やさない為にも、言えるチャンスがあるのなら言っておこう、この壇上で、Mはそう思っていた。すると、「そういうあなたは随分と自分に自信がおありなんでしょうね」と、質問した保護者からマイクを譲り受けて、その後ろに座っていた保護者が立ち上がりながらMに訊ねる。その保護者の射るような視線に、思わず体を竦ませるM。震えた声で答える。

「いや……、それは……、ないです」

「それにしては随分と立派な考えをお持ちのようですが」とマイクを持った保護者が続ける。

「いや……、そんな事はないですけど……」Mがボソッと謙遜すると、「もちろん皮肉ですよ」と嫌味を飛ばす。

「ああ……、そうですか」Mの顔が強張る。

「勉強なんかしなくていいとか、一流企業に入っても意味がないとか、子供があなたのように立派な考えを持たないか心配になるわね」と更に嫌味を続ける保護者。

「いや、そういう事を言ったワケでは……」

「あなたは今幸せなんですか？　あなたは自分の言うような優秀な人材なんですか？　偉そうに教育を語れるような立派な人間なんですか？」と質問を畳み掛けてくる保護者。

「いや……、多分、違います」

「じゃあ言う事だけは立派という事ですね」保護者の攻撃が止まない。焦燥に駆られるM。俺は何かマズイ事でも言ったのか。何か気に障るような事でも言ったのか。そんな事を考えながらMが困っていると、そのやり取りを聞いていた子供たちが、立派って何？　立派ってどういう事？　立派な考えって何？　とザワつき始める。あのおじさん立派なの？　立派じゃないの？　勉強しなくても立派になれるの？　どっちなの？　そのざわめきが場内に広がっていく。

「皆さん、お静かに」と進行役の教員がマイクに向かって口にする。しかしざわめきは収まらない。Mは壇上でビビっている。確かに、僕は偉そうに教育を語れるような人間ではない。優秀な人間からは程遠い。どちらかと言えば、いや、どう考えても劣等生、落ちこぼれた側の人間だ。立派な人間からは程遠い。幸せどころか、精神すら病んでいる。しかもボロクソに。そんな人間の言う事は、やはり説得力に欠けるだろうか。誰も耳なんて傾けてくれないだろうか。共感性に欠けるだろうか。そう考えると気持ちが怯む。でも、だからこそ分かる事もあるのだ、とMは思う。落ちこぼれた人間にしか、分からない事もある。精神を病んだ人間にしか分からない事もある。底辺からしか見えない景色だってあるのだ。僕みたいな人間だからこそ、観える景色もある。それを口にする事は、無意味な事だろうか。そんな事を思いながら騒がしい会場を見つめていると、マイクを持った保護者が辺りを見回し、「立派ってどういう事か、子供たちが訊ねてますわよ?」とMに顔を向ける。

「は……?」と戸惑いの声を漏らすM。

「答えて差し上げれば? 立派な教育通信社の、優秀な社員として。立派というものがどういう事なのか」と皮肉たっぷりな台詞を口にして席に腰を下ろす保護者。再び静まりゆく場内。子供たちの目が爛々とMに向けられている。Mに何かを期待している眼差しだ。そして敵意の籠もったその保護者の眼差し。それらの眼差しを一身に受け止めながら、Mは静かに口を開く。「ええと……、立派とはどういう事か……。まあ、僕は立派な人間ではないのであんまり立派な事は言えませんが……」と自嘲気味に話し始める。

「例えば……、誰かが落ち込んでいる時に、その人を元気付けてあげられたとしたら、その行為は立派だと思いませんか?」と恐る恐る質問を投げ掛けてみる。何人かの子供が頷くのが見えた。

「それから……、誰かが困っている時に、助けてあげられたりしたら、それも立派な行為と言えると思いませんか？」と質問を続けてみるM。何人かの子供たちが頷く。それに勇気付けられたかのように言葉を繋ぐ。「要するに……、誰かを元気付けたり、助けてあげたり、勇気付けたり、前向きにさせたり、何でもいいと思うんですけど、何か人にプラスになるような影響を与えられる人は、それだけで立派なんじゃないかと、僕は思うんです」

再び静まる場内。

「そういう事のできる人間は、たとえヤクザだろうが、浮浪者だろうが、娼婦だろうが、ニートだろうが、立派な人間と言えるのではないか、と僕は思うんです。逆に……、人を傷付けたり、貶めたり、蔑んだり、憂鬱にさせたり、そういう行為に及ぶ人間は、たとえ親だろうが、先生だろうが、政治家だろうが、警察だろうが、立派とは言えないと僕は思います。人に何かマイナスになる影響を与える行為は、決して立派とは言えません」保護者たちの顔色を窺うM。しかし、まったく読み取れない。

「そして、そういう些細ではあるけれど、立派な行為を繰り返す人間が増えていけば、世の中もっといい方向に向かうのではないかと僕は思うんです。どんなに些細な事であっても、そうした行為、そうした行動の積み重ねが、世の中を変えていくのではないかと僕は思うんです。人からプラスの影響を受けた人間は、多分ですけど、人にプラスの影響を与える事もできるようになるのではと思います。そしてその人がまた別の人間にプラスの影響を与えていく。そうした連鎖を生み出す事ができれば、この荒んだ世の中や、病んだ社会なんかも、少しずつ改善されていくのではないかと僕は思っています。それはその人の為になる行為というだけでなく、世の中の為にもなる事です。そしていずれはそれが自分に返ってくる。だって自分もその世の中の一員なのだから。たとえそれがどんなに些細な行為であっても、そういう事のできる人間は、それだけで立派な人間なんじゃないかと……、僕は思います」

「ヤクザやニートでも立派ですか？」「浮浪者も立派ですか？」「ショーフって何ですか？」Mが口をつぐんだ瞬間、子供たちが口々に疑問を投げかける。

「いや、まあ、その、立派な人はどんな世界にもいるという事で……、立派な人間に、職業や肩書きは関係ないいんじゃないかと」

へー、ヤクザでも立派な人はいるんだ。知らなかった。ショーフって何？　浮浪者でも立派なんだね。子供たちが賑わい始める。

「じゃあ、僕も立派な人間になれるように頑張ります！」一人の子供がそう声高に宣言する。

俺もー、じゃあ俺も！　私も！　ヤクザになる！　賑わいが騒々しくなっていく。

「お静かに。静かにしてください」進行役の教員が子供たちを宥めようとするが一向に静まる気配はなく、騒がしさが増してゆく。そこでマイクを持った先ほどの保護者が再び立ち上がり、突然大きな声を張り上げる。

「子供がすぐに色んな事に影響されて困ります！」

その保護者に一斉に注目が集まる。子供たちが口をつぐみ、徐々に静かになっていく場内。イライラした様子で不満を口にする保護者。「本当に困るんですよ。下らないテレビ番組とか、暴力的な映画とか、今はあなたの言葉なんかにも影響を受けているようですが、親としては心配になります。大丈夫でしょうか」

そう発言する保護者へと向いていた子供たちの目が、再びMへと向き直る。Mが何を話すのか、興味津々の顔つきだ。

「何が……、心配なのでしょう……」Mは恐る恐る質問を返す。何が心配なのかさっぱり分からないのだ。

「色んな事にすぐに影響されて、色んな事をすぐに真似するので困ります」保護者が答える。

「何を……、真似て困るのですか?」

「見たものや聞いたもの全てです。下らない芸と言いますか、芸人さんやタレントさんなんかの口真似や動作、ドラマや映画のアクションシーンなどです」

「それを子供が真似ると……、何が困るのでしょう」

「それが下らないんですよ。下品だし、野蛮だし、うるさいし、やめてもらいたいけど、言う事を聞きませんし」

「何が下品で何が下らないかは、子供が決める事です。親が判断する事ではない、と僕は思います。子供はおもしろいと思ったからそれを真似るだけの話で、親の好みに子供を当て嵌めようとする事は、子供の自由な発想を奪う事に繋がりかねません。先ほどこちらのヤッさんも言いましたが」と言いながらチラッとヤッさんに目を向け、再び口を開くM。「子供に言う事を聞かせる必要はないと僕は思っています。子供の自由を奪う権利は親にもないからです。それが誰かに迷惑や危害を及ぼすような行為であれば話は別ですが、子供にはやっていい事とやっちゃいけない事の分別を付けさせればいいのであって、親の好みに子供を当て嵌めようとする事は、危険な事だと僕は思います」

「でも人を叩いたり、食べ物を粗末にしたりするんですよ？」すぐさま保護者が反論する。

「それは……、親であるあなたが責任をもって注意すべきです。子供がテレビや色んなものを見て真似たくなるのは仕方のない事です。悪い影響を受ける事もあるでしょう。でも基本、子供は親の教育通りに育つものだと僕は思います。親が暴力的であれば暴力的な子供に育つでしょうし、親が無責任であれば無責任な子供に育つでしょうし、親が優しければ、基本優しい子供に育つものだと、僕は思います。親が食べ物を大事にしていれば、子供だってそれを認識するはずです。悪い事をしたら叱る、でもそれは親の好き嫌いによって判断すべきではないと僕は思います。親が子供に口うるさくしなければならない時なんて、故意に人を傷つけたり、迷惑行為に及んだり、後は急に道に飛び出すとか危険が及ぶ時、そのくらいなものなんじゃないかと僕は思いますけど」

「あなたは今何歳なんですか？」

「二十六です」

「お子さんはいらっしゃるんですか？」

「いや、いません」

「じゃあねぇ……。子育ての大変さも分からないんじゃねぇ」説得力ないわよねぇ。顔を見合わせながら頷き合う保護者たちの姿が見える。子供たちは保護者たちの顔色を窺っている。そこでずっとMの後ろでそのやり取りを傍観していたヤッさんがマイクの前に顔を寄せ、口を開く。

「私は子供がいるが、Mの言う通りじゃないかと思うぜ」

Mがヤッさんに場所を譲る。マイクの前に立ち、ヤッさんが続ける。

「私の父親は、躾と称して私によく暴力を振るいましたが、私はやはり暴力的な子供でした。何でも暴力で解決するような問題児として育ちました。よく人を殴りました。暴力を振るいました。大人と呼ばれる年齢になってからも、しばらくは直らなかった。でも自分の子供にはそうなって欲しくないし、子供なんてのは素直だから、親の背中を見て育つもんだと私は思っています。暴力はいけない事だ、なんて言いながら暴力を振るっていたら何の説得力もないので、私は暴力から足を洗いました。人間何を言っているかよりも、何をやっているかだ。それを観て子供は育つと思う。だから暴力からは足を洗ったし、子供に恥ずかしくない人生を送りたいと思って、今は真っ当に働いています」今はって、今までは何をやってたのかしら。やっぱりあの人はロクな人生歩んでないわね。一体何者なのかしら。すると一人の子供が大きな叫び声で質問を投げかける。

「なぜ、暴力を振るったり、人を殺しちゃいけないんですか？」その子供に視線が集まる。ヤッさんもその子供の方に視線を向け、真剣な表情で口を開く。

「本気で分からないのかい？　もし本気で分からないのだとしたら不幸な事だ。俺は昔、理屈抜きで本当に分からなかったぜ。毎日俺や母親に暴力ばかり振るう父親を、何で殺しちゃいけないのか。最近になって自分にも家族ができて、ようやく分かってきたような気もするが、でも、そんなもんは理屈じゃない。少なくとも、これがその理由です、なんていうハッキリとした共通の理由なんてものはないと思う。人を殺してもいいなんて事になったら、大多数の人間の都合が悪いからだ。なぜ都合が悪いのか、理由は人それぞれだと思うが、もし、自分の大切な人が殺されでもしたら……、大半の人間はそんな事を考えるかも知れない。それは心底都合が悪い。もしもそんな世の中だとしたら、守ろうにも守り切れないからな。でも牛や豚は殺してもいいんだ。なぜか。殺しちゃダメって事になると大多数の人間の都合が悪いからだ。牛や豚は旨いからな。みんな喰ってる。健康を保つ為の重要な栄養素にもなるし、それは生きていく上で欠かせない要素だ。でもそれについて反対している人間もいる。残酷だっつってな。それでも動物を殺して罪にならないのは、大多数の人間の都合だと俺は思う。反対している人間は少数派だ。だから力が弱い。人なんか殺してもいいって考えの奴も世の中にはいるかも知れないし、実際俺は自分の父親を殺しちゃいけない理由が分からなかった。俺にとっては法律の方が都合が悪かったってワケだ。まあ、人間なんてそんなもんだ。大多数の人間の都合に合わせて正義も法律も創られる。俺はそんなもんだと思うぜ。人なんか殺してもいいっていう人間が大半を占めれば、いずれはそういう社会になる、なんて事もあるかも知れない」

「じゃあどうして殺人は起きるんですか？」同じ子供が質問を重ねる。

「自分の都合で人を殺す奴もたくさんいる。人間なんてそんなもんだ。どいつもこいつも自分の都合で生きている。保険金殺人なんてのはその典型だ。俺の父親は、俺にとって都合が悪かった。死んでくれたらどんなにいいかと、毎日そんな事を考えていたよ。でも俺が奴を殺したのはそんな理由からじゃない。ただただ我慢ならなかったからだ。理由もなく殴られ続ける毎日に、傲慢で理不尽な父親の暴力に、傷つき、泣いて耐えるだけの母親に、その生活の全てに。俺は自分の人生を呪ったし、父親を心の底から憎んでいた。感情の問題だ。人は感情の生き物だからな。俺は父親を殺した。我慢ならなかったから、理由はそれだけだ。そして捕まった。大多数の人間の都合や正義、法律によってな」

自分の父親を殺したって？　何？　あの人は何者なの？　質問した子供は言葉を失っている。

「俺は人殺しで、前科三犯の元ヤクザだ」

社長、大丈夫かな。

膝を打っただけでしょ？

講演まで丸投げかよ。

いきなり講演任されるって、大変だな。

しかしMの野郎、何偉そうに語ってんだか。

お前が偉そうに語るなよ、て感じだよな。

でも子供にはウケたらしいよ。保護者にはともかく。

社長が喋るより良かったんじゃないの？
ヤクザと精神異常者の講演会か。滅茶苦茶だな。
ヤッさん、人殺してたんだな。
まあヤクザだからな。
あんなところで公表しなくても。
前科三犯だって、更生してくれて良かったよ。

Mの書き込み十七

人間には自由意志というものがあり
不自由さを感じさせる三大要素が
やらされてる感　強制されてる感　背負わされてる感
である
あともうひとつ
追い込まれてる感

もし
超能力がひとつだけ使えるとしたら
どんな能力を手に入れたいですか？

なんて質問をたまに見かけるが
真っ先に思い浮かぶのが
他人の自由意志を操る力
んなぜなら全員楽しいから
どんな困難も
無理難題も
自らの意志で挑む分にはかえって充実したり
むしろ楽しかったり
乗り越えた先には成長や喜びが待っていたり

その為にはどうすればいいのか
理屈は簡単
気付かせて
考えさせて

想像させて
その気にさせて
自らの意志でそちらの方向へ向かわせるよう仕向ける事

ビジョンと計画性
気遣いと良質なコミュニケーション
それに将来性とワクワク感が加われば
結構いけるんじゃないかと思うのだが
それが難しいから今こんな状態なんだろうな
と思う今日この頃である

「主婦・地域社会・生き甲斐づくり」

うちの会社の企業理念三大フレーズである。

うちはテレアポさんやポスティングスタッフの他、広告を載せてくれるモデルルームや地域のお店を訪れて記事を書くレポーターの仕事も主婦の人が担当している。

財布の鍵を握る主婦が、主婦目線で、口コミ感覚であなたのお店をレポートしますよ、あなたのお店の評判を広めていきますよ、というのが売りらしい。

子育てに一段落付いた主婦、家計を助ける為に働きたいという主婦に、重要で華のある仕事を任せる事で、それを生き甲斐にしてもらおうというのが目的らしい。

それを地域に広めて生き生きとした社会を築く事が理想だ。

仕事に生き甲斐を感じる主婦。

それを見て育つ子供が、仕事に夢や希望を見出してくれたら最高である。


世の中には仕事や社会に希望を見出せず、ニートや引き籠りになる人も多い。

希望もないのに頑張れる、そんな奴は頭がおかしい。

やる気だって失せるだろうし、バカバカしくてやってられるか！　なんて気持ちもよく分かる。

生きる気力すら湧かねぇ、そっちの方が正常だ。


今後そういう人たちが増えるか減るかは、こうした試みにも懸かってくる。

仕事に生き甲斐を感じて働く大人たち、それを見た子供たちは何を感じ、どんな影響を受けるだろう。

これも教育の一環である。


この会社は間違いなく社会に貢献できる。

やる気があるなら来る者拒まず、

仕事を与え、
生き甲斐を与え、
希望を与え、
夢を与え、
未来を築く。
それが地域に浸透し、そして地域の枠を広げていけば、規模はどんどん拡大できる。
この会社はデカくなる。
途轍もない可能性を秘めている。
全国制覇も、世界制覇だって夢じゃない。

本気

全国制覇?
世界制覇って何だよ。
相変わらず発想が突飛というか、幼稚というか。
そんなに可能性秘めてるかね、この会社。

社長の考えにそんな理想があるとは思えないけどな。
いいように解釈し過ぎなんじゃないの？

朝礼。

「俺は今後、エゴも甘えも捨てる。みんなには随分大変な思いをさせてきたと思う。キツイ仕事を任せてきた。任せるだけ任せて放ったらかしにしてきた。社長らしい事なんか何もしてやれなかったと思う。全ては俺のエゴであり、みんなに甘えていた部分もあったと思う。でも今後はそれを捨てる。会社としてちゃんと機能するように、組織も改変していく。処遇も、待遇も、改善していくつもりだ。人もどんどん増やしていくから、ちゃんと面倒を見てやって欲しい。社長として、できる限りの事をしていくつもりだ。だからどうか、この俺に付いてきて欲しい。どうか、よろしく頼む！」

社長、どうした？　本気で言ってるのかな。さあ。でも、本気でもないのにあの社長が頭下げるか？　信じていいのかな。どうだか。

Mの書き込み十八

俺は仕事に楽しみを見出したいタイプの人間である。
いや、見出す事に決めている。
絶対見出してやるからそのつもりでいろ、と思っている。
んなぜなら、人生の大半の時間は仕事に費やされるからだ。
人間どんなに忙しくたって、時間がなくたって、楽しければ屁とも思わない。
心にゆとりだって生まれるってものだ。
大人が仕事が楽しくなければ、子供だって仕事なんかしたくなくなってしまう。
子供に夢を与える意味でも、全力で仕事を楽しみたいと思っている。
俺に子供、いないけど。

俺は生意気、ワガママ、自分勝手である。
仕事は楽しくなければ気が済まないし、会社は当然のように社会貢献しなければ気が済まない。

というより、社会貢献もできない会社はいずれ潰れる、淘汰される。

だって、世の中から必要とされもしない商品やサービスに、誰が金を払う。

誰も金を払わない商品やサービスが利益を生むわけがない。

そしてそんな商品やサービスを扱う会社で働きたいと思う人間がどこにいる。

百二十パー潰れるっしょ。当然の事である。

要は誰かの役に立つような商品やサービスを展開すればいいだけの話。

物理的にでも、精神的にでも、経済的にでも、能率的にでも、より多くの人の役に立つ事ができれば、それだけ利用者も増えるし、利益も上がるという、それだけの話。


世の中の景気が悪いって？

まあ、世の中の全ての人が仕事に就いてるわけではないし、為替だ何だ、外国の経済状況や世界情勢なんかも絡んでくるだろうから難しい事はサッパリ分からないけど、経済やビジネスについてトコトン無知で、アホみたいに世間知らずの俺からすれば、理由なんて単純明快。

この世の中に、いらないもんしか売ってないとか、ろくなサービスが存在しないとか。

根本的に価値があると思えないものに人は金を払わないし、使わない。

人が金を使わなければ金が動く事はないし、金が動かなければ経済なんて回らない。

経済が回らなければ景気なんて良くならない。

たぶんだけど、そんなところだ。


世の中には経済のプロなる人たちがたくさんいて、そのプロたちが経済面から色んな対策を練って、それらを一生懸命実行しているのにもかかわらず、それでも一向に回復しないんだから、原因はそこにはないんじゃないかと思ってしまう。

つまり、俺の考える原因が一番的を射てるのでは、と思ってしまうのである。


金儲けが目的で仕事をしている人間は恐らくそんな事にも気付かない。

目的が自分の欲望でしかないから人の気持ちなんか考えないんじゃないかな。

客とか、従業員とか、周りの人間たちの。

そんな独り善がりの商品やサービスに、人が魅力を感じるわけもなく、そんな商品やサービスを、金を払ってまで利用する人間はごくごく稀で、そんな商品やサービスが利益を生むわけもなく、業績の悪さは景気の悪化や従業員の質に責任転嫁、何一つ成長する事もなく、誰一人成長する事もできないまま、倒産する企業は後を絶たない。

なんて事を、延々と繰り返してるだけの話なんじゃないかと思ってしまう。

世の中にある多くの企業がそんな事を繰り返していたら、経済のプロがどんな対策を施してみたところで、世の中の景気が回復するなんて事は永遠にないと思う。

もしそうだとしたら自業自得としか言いようがないし、俺の知った事でもない。

そんな事より、最近なんか、仕事が楽しくなってきた。

何やら可能性が観えてきた。

この会社の可能性を信じている。

この会社の人々の可能性を信じている。

この会社をデカくしたい。

それが楽しみで仕方がない。

その為にはみんなの力が必要だ。

誰一人欠けてはならない。

自分の楽しみの為に、全員巻き込みたいという欲望が僕の中に生まれる。

でも、それが皆の為になるならば、誰にも迷惑を及ぼさないならば、全然構わないいんじゃないかという、これまた自分本位な欲望が僕の中で育つのである。


過去なんて教訓にするくらいしか使い道がない。

成長できなければ何の価値もないのである。

過去は変えられない。

だが、過去の印象は変えられる。

どんなクソみたいな経験も、苦い思い出も、積んでおいて良かったと思える日が来るかも知れない。

屈辱的な経験も、忘れてしまいたい過去も、その経験があったからこそ、今の自分があるのだと、幸福を掴み取ったその時に、思えるかも知れない。

お陰でこんなにタフになれたのだと、優しくなれたのだと、こんなに幸福を感じられるのだと、その過去に、感謝の念すら生まれるかも知れない。


未来が楽しみだ。

人生初。希望が見えた。

夢・野望・実現

この会社をデカくしたいとか、みんなの力が必要だとか、言ってる事が社長なんだよ。

あいつ、自分の立場分かってるのかね。

自分が生意気だっていう自覚はあるみたいよ。

「よし！　やるぞ！　今までの経験を踏まえて、少しずつ会社を大きくする。俺はもう焦らない。少しずつ、足元を固めながら、一歩一歩、みんなで進んでいこう」

でたよ、社長の演説。本気かどうか分からないけど、最近熱いよな。

「俺には夢がある。この会社を通じて、社会に大きく貢献する事だ」

社会貢献？　ホントかよ。

「名を上げたい、金も欲しい、そんな野望もあるにはあるが、そんなものは全部後から付いてくる」

でも社長、正直だ。

「みんなにも、それぞれ夢や野望があると思う。みんなの夢を叶える為に、俺はできる限りの事をしてやりたいと思っている」

ホントかよ。野望はねぇけどな。

「会社を大きくしていけば、それは実現できるはず。その為にはみんなの力が必要だ。この会社に、必要のない人間なんて一人もいない。みんな頼む、力を貸して欲しい。どうか頑張って、みんなの力でそれらを実現したい。みんなの夢も、必ず叶える。だからどうか、この俺に、この会社に、力を貸して欲しい」

この会社、変わるかな。本当に大きくなるのかな。社長、本気臭いけど。ちょっと見てみたくなったな、この会社の行く末を。あの社長が頭を下げて、ここまで言ってるんだ。仕方がねぇ、もう少しだけ付き合ってやるか。

「今日も一日、よろしく頼む！」

「よろしくお願いします！」

Mの書き込み十九

今日はY氏の四十二回目の誕生日。Y氏の家に遊びに行った。Y氏には三人のお子さんがいるのだが、家にはもうすぐ三歳になるという娘さんと奥さんがいた。

さてここで問題です。

Y氏の娘さんは今日、いくつのものに興味を示し、いくつの事に挑戦し、いくつの経験を積んだでしょうか。

数えきれない！

絵本、折り紙、塗り絵、粘土、お絵描き、ピアノ、ギター、コンポ、ブランコ、鉄棒、砂場、すべり台、ｅｔｃ．

Y氏の子供が何に興味を示し、何を選択し、そしてどう成長して生きていくのか。好奇心旺盛な子供を見守るY氏と奥さんの目が温かい。泥んこになって無邪気に笑う子供が本当に可愛らしい。心配ばかりして、または行儀や世間の目を気にして何もさせない家の子供とは、どんどん差が開くだろう。これだけの経験を一日でこなす、その体力と元気さが素晴らしい。これぞ子供。その好奇心と行動力が半端ない。

人は成長する生き物だ。それはいくつになっても変わらない。家族も、組織も、地域も、社会も、国も、世界も成長する。成長している事が重要で、スピードなんて関係ない。一番怖いのは、成長をやめる事、成長を止める事、成長を邪魔する事だ。周りが進化する中で、それは退化といっても過言じゃない。

自分を見ていて思うのは、人間いくつになっても子供と変わらないという事だ。分からない事がいくらでもある。できない事がたくさんある。いくらでも成長の余地がある。自分が大人だなんて自惚れていたら、いつか子供に抜かされる。一生成長し続けてやる。人間的にも、能力的にも。

前進あるのみ。今も、これからも。いつだってそうだ。

なんて事をちまちま書いているが、ここで僕の本性というか、本音を一つ。子供を見ていると、何だか漏らしたくなる。ぶちまけたくなる。

正直僕は、人生なんておもしろければ何でもいいと思っている。どんな人生を歩む事になろうが、楽しければそれでいい。というか、それがいい。何を楽しいと思うか、何がおもしろいと思えるかで、人生なんて変わると思う。

千差万別、そんなもん、人それぞれだ。

大切なのは好奇心。子供の頃、誰もが平等に持っていたはずの、外界と自分に対する、純粋な興味と欲望だ。

僕にとって、人生を生きる上で最も重要なのは、自信でもプライドでもない。ましてやお金でも、安定した生活なんかでもない。

好奇心だ。

それさえあれば、人は自分で考える。頭を使って考えて、勝手に行動する。何度失敗を繰り返したって、それさえ尽きなければ、人はまた考えるだろうし、また勝手に行動を起こすと思う。その繰り返しでいいと思う。色んな経験を積む事で、人は嫌でも成長できる。

どいつもこいつも、勝手に成長すりゃあいいと思う。みんなそうやって勝手に生きてきゃいいのに、そうやって自由を謳歌すりゃいいのに、それを邪魔する人間が多過ぎるんだ。

自分の頭でちゃんと考えない人間は、大切な事にすら気付けない。ちゃんと考えて行動しないから、ろくなものに目が向かない。金とか、地位とか、名誉とか、そんなもん求めて何がしたい。生活なんか安定させてどーすんだ。冒険の方が絶対におもしろいと思うのは俺だけか。そんなもん求めてるから、世界がまったく広がらない。心なんか育つ気がしないよ。

俺の偏見から言わせてもらえれば、それのない人間の考える事なんて、ろくなもんじゃない。行動だってろくでもない。何がそんなにおもしろいんだか、人の頭を押さえつけたり、人の足を引っ張ったり、人の人生を全力で邪魔しておいて、いかにも自分が正しいかのように振る舞いやがる。お前がどんな人生を歩もうが俺の知ったこっちゃない。俺の人生に関わってさえこなければ、何も言うつもりはないし、何もするつもりもない。お前なんぞの人生に、微塵の興味もないからだ。そんな人間の人生が、豊かになるなんて事があるのだろうか、と思ってしまう。せめて邪魔だけしてくんな、とだけ言っておきたい。

俺に言わせてもらえれば、人の興味を奪ったり、好奇心を潰したり、それが人間の犯す最大の罪の中の一つだと思うし、それを失くす事が人生を最高につまらなくする最大の過ち、つまり、人生最大の失敗だと思う。

俺にとって、最高に価値があると思えるものなんて、ぶっちゃけ死ぬ間際になって振り返ってみた時に、ああおもしろかった、つって死ねる人生、それだけだ。

それを手に入れる為だったら、俺は何でもする。どんな事でもやってやる。最近だけど、そう決めた。

全員そうやって生きりゃいいのに、そうやって勝手に成長してきゃいいのに、そうすりゃ世の中なんて勝手に成長するし、勝手に豊かになるんじゃねぇかと思うのに、でも、人は一人じゃ生きられないし、そのくせ邪魔な連中が多過ぎるから、俺の人生はいつだって遠回りを強いられる。生きてくだけで精一杯。めんどくせぇの次元が違うよ。心の底からそう思う。これが僕の、人生最大の愚痴であり、人生最大の不満である。

そして僕は繰り返す。考える、判断する、決断する、実行する、それだけを。

うまくいくならそれでいいし、失敗したなら失敗したで、また考えりゃいいだけの話だ。

どうしてうまくいかなかったのかな、どうすりゃうまくいくのかな、つって、考える、判断する、決断する、実行する、その繰り返し。

そんな事ならバカでもできる。俺でもできる。誰にだってできる事だ。

今、世の中で本当に活躍できている人間と、俺を含め、この世の中で何の役にも立っていないような人間との差は、きっとそこにあるんじゃないのかと、最近になって気付いたからだ。その誰にでもできる事を、バカみたいに繰り返して生きてきた人間と、誰にでもできるような事ですら、やろうともしてこなかった人間との、差。同じ人間に、ここまで差を付けられるとは、正直迂闊(うかつ)だったぜ、と最近思ったからだ。

まあ、仕方がない。これが現実。これが現時点での、俺の人生の結果なのだから。今更ながらでも、気付けただけでもマシってもんだ。別にこんな命、今さら惜しいとも思わないけど、俺はきっと、まだ死んでも死に切れない。ゆえに、全力で生きる事に決めた。

ここから先の人生は、それをバカみたいに繰り返す。正真正銘、本物のバカになってやる。それだけを極める為に。

そして、ふふふ、それしかしない。

そんでここからだ。

今からだ。

いつだって、そうだ。

お前らのような人間の方こそが

オフィス。この会社では珍しく、仕事をしながら会話が弾む。

「Mっちゃん、ヤッさんちに行ったんですか？」

「ああ、誕生日祝い持って遊びに来たぜ。何で知ってんだ？」ヤッさんが答える。

「みんな知ってますよ。ホームページに書いてあったし」

「子供、Mに懐いた？」

「ああ、うちの子は誰にでも懐くからな」とヤッさん。

「あはは、物怖じしないのはヤッさんに似たな」

「ヤッさんち、ピアノとかギターとか置いてあるんだ？」次々と質問が飛ぶ。

「ああ、嫁が色々やっててな。楽器はあるぜ」それに答えていくヤッさん。

「ヤッさんもギターとか弾けるんですか？」

「いや、俺は弾けないよ」

「お子さん、将来は音楽家かな？」

「さあ、それは分からないが」

「ヤッさんの教育方針は？」

「教育方針？」

「そう、子供の教育方針とかあるんですか？」

「ないよ、そんなもん。何でも好きな事やらせて、まあ、親の責任としては自立してもらう事だな。何をやってもらっても構わないが、いつまでも甘えてもらってちゃ困る。どう考えても親の方が先に死ぬんだから、親なんかいなくても生きていけるように、しっかり育ってもらわないとな。後は、自由にすりゃいいと思ってる」

「放任主義ですか？」

「まあ、そんな感じかな」

「そんな事言って、娘さんの彼氏とかが挨拶に来たらヤッさん怖そうだよね」

「まあ、ろくでもない奴連れてきたらブチのめすけどな」そう言いながら左の掌を右の拳で叩いてみせるヤッさん。

「あはは、怖いよヤッさん」オフィス中に笑いが弾ける。

夜の会議室。ただ一人、何か用紙を広げて熱心に読み耽っているMに、ヤッさんが声を掛ける。

「何を読んでるんだい？」

Mがヤッさんに顔を向ける。

「ポスティングスタッフからの手紙だよ。旦那さんと一緒に楽しくやらせていただいていま
す、ていうお礼の手紙」
「へぇ」どこか嬉し気なMの様子に、感嘆の声を漏らすヤッさん。「昨日はありがとうな。娘
もMに遊んでもらえて喜んでたよ」
「いやこちらこそ楽しかったよ」
「最近どうだい？　ストーキングの方は。まだ続いている感覚はあるのかい？」
「さあ、最近はよく分からないというか、あまり気にならなくなってきたよ」
「そうか、俺も最近は全く気にならないが、でも俺が直接狙われてるわけじゃないからな。お
前が気にならないならそれが一番だ」
「気にならないだけでまだやられてるのかな。それとももう俺に興味をなくしてやめてくれた
のかな」
「さあ、それは分からないが……、ひょっとしたら、会社の暗く閉鎖的な雰囲気がそう感じさ
せたのかも知れない、と思ってな」
「暗く閉鎖的な雰囲気？」
「そう、何だか暗くて不気味な会社だったじゃないか。入ってきた新人を誰も受け入れない、
喧嘩ばかりでみんなの仲だって悪かったし、陰口も絶えなかった。そこら中で色んな悪口を耳
にしたよ、毎日のようにな。誰も、誰にも心を開かないような、互いが互いに疑いを抱いてる
ような、陰気な雰囲気のする薄気味の悪い会社だったぜ。特にお前なんか針のムシロだった。

こんな状況で、人に心を開けって方が無理ってもんだ。みんながみんなを疑いながら、そして誰一人信じちゃいない、そんな雰囲気が漂っていたからな。昔に比べて会社の雰囲気も明るくなってきたし、お前自身、明るくなってきたと思ってな」

「う～ん。そうなのかなぁ」

「気になるようならホームページ、一度やめてみたらどうだ？」

「やっぱり、ホームページが関係あるのかな」

「それは分からないが、ホームページがあるからみんなの目が気になるってのはあるんじゃないのか？」

確かに。それはあるかも知れないとMは思った。Mはみんなに向けてホームページを発信してきた。自分の書き込みにみんなが何を思い、どう反応するのか、そんな事ばかりを考えながら日々更新してきた。みんなの解釈が気になった。みんなの様子を窺ってきた、みんなの変化を窺ってきた。みんなの自分を見る目やその態度、扱い、そんな事も気になった。それ故に、自意識過剰になっていたのは確かかも知れない。

「でもホームページがなければ俺は何もできる気がしないよ」とMが口にする。

「できるさ。むしろホームページに頼っている方が、何もできなくなるかも知れない」

Mは否定も肯定もしなかった。

「お前も世界平和が訪れるなんて本気で考えてるワケじゃないだろ？」とヤッさんがMに訊ねる。

「うん、俺の生きている間にはね」

「生きている間には、か」

「そう、理屈から言えば、可能なんだ」

「でも理屈通りには生きられないのが人間なんじゃないのか？」

確かに。Mはその言葉に納得を覚える。世界平和、それを実現する為には、理屈の提示ではなく、気が遠くなるような理論の実践が必要だった。あらゆる問題を解決する為、誰もが当事者意識、もしくはその問題に関心を持ち、考え、改めるべきところは改め、自ら行動に移すよう導く事。あらゆる背景を想像し、理解を示し、判断し、決断し、実行に移すよう導く事。気付かせ、その気にさせて、自らその先の未来へと向かうよう導く事。規模が小さければ可能な気がする。理屈で言えば可能なんだ。足りないものは実践のみ、つまりは経験と成長、その積み重ね、全人類の、それだけだ。しかし、世界中の人々を巻き込む為に、どれだけの労力が必要で、どんな手段が有効なのか、Mにもそこまでは分からなかった。

「誰もが想像する事。世界平和への道筋を、世界中の誰もが想像できるように導く事ができれば、世界平和は実現できると思う。もし、世界中の誰もが、世界平和を望むのであればの話だけど」

「ほう。どうやって？」

「…………」Mは言葉に詰まる。

「世界平和、ね。俺みたいな人間がそんな言葉を耳にすると、奇麗事に聞こえてしまわなくもないんだが。でも、お前が口にすると、何だか、よく分からなくなる」

「そう？」

「俺には、世界平和なんてもんが本当に訪れるとはとても思えないし、想像なんて、全くできない。だから、試しているようで悪いんだが、世の中の原爆の問題について、お前がどう思っているのか、世の中で巻き起こる人間同士の殺し合いや、戦争なんてものについて、お前が何を思い、どう考えているのか、そんな事を知りたいというか、聞いてみたいと思うんだが、いいかな」真面目な表情でMの目を見やるヤッさん。

「ん？　原爆や戦争についての俺の考えが知りたいって事？」

「まあ、そういう事だ」

「あはは。そんな真面目な話、した事ないけど」照れたような笑みを浮かべながら中空を見つめ、「う～ん。戦争と原爆かぁ……」と言いながら、考えを巡らせるM。

「原爆で死ぬのって、結局は国民というか、ほとんどが一般市民でしょ？」とMがヤッさんに質問を投げかける。

「まあ、原爆なんて二度ばかり、同じ国に投下された事があるだけだと俺は認識しているが、確かにそんな印象はあるな」とヤッさんが答える。

「それ、何か意味があるのかな、って思っちゃう」とM。

「どういう事だ？」

「もし俺がこの国のトップの人間だとして、この国をぶっ潰したいとか、この国から何かを奪いたい、なんて理由で、どこかの国がこの国に原爆をぶっ込んでくれたとするじゃん？」

「ああ」

「その時、この国のトップである俺が何を思うかといえば、いくら国民や一般市民を殺してみたところで、この国、潰れないよね。この国から、お前らが望んでるようなものは、何一つ奪えないよね、て思っちゃう。だって、俺、生きてるもん。どんだけ原爆や戦争で被害被ったところで、生き残った国民と、その国のトップである俺が生きている限り、そんなもん、いくらでも再生してやるよ、て思っちゃう」

「ほう」

「そりゃ途轍もない痛みとか、苦しみとか、そういうもんは伴うだろうけど、そんな事で潰れちゃう程、何もかも奪われてしまう程、国っつーか、人間てもんは、やわにはできてないと思う。この国を潰したいというのなら、この国から何かを奪いたいというのなら、まず潰すべきは、俺だよね、まず奪うべきは、この国のトップである、俺の命だよね、て思っちゃう。狙うなら司令塔、つまりは頭脳、常識だ。そんで奴らがこの国に原爆をぶっ込んだ事によって生み出されるものって何？　ていうと、俺とか、この国の国民の怒りくらいなもんだよね。原爆をぶっ込んでくれた事に対する、痛み、悲しみ、そんなもん、遥かに凌駕するくらいの、怒りとか、憎悪とか、そんなもんだけだよね。で、その時、この国のトップの人間である俺が何を考えて、何を実行するかといえば、当たり前の事だけど、原爆をぶっ込んでくれた連中に対して、お前らがやってくれた事ってのは、一体どういう事なのか、それによってお前らのような連中にもたらされるものってのが何なのか、つー事を、骨の髄まで思い知らせてやる為に、そーゆー連中を、跡形もなく消し去り、木っ端微塵に殲滅する事だけを考えて、実行するよね」

「そーなのか？」

「そりゃそうだよ。なので、その国の、原爆投下を指示した人間、戦争を指揮してる連中を、三日で壊滅させて、殲滅する。こんな戦争、三日で、終わらせる。そう軍隊に告げて、実行するように命じるよね。一般市民を狙う事に、何の意味もない。上さえぶっ潰しちまえば、下にいる人間なんてどうにでもなる。どーせ誰も、戦争なんて望んじゃいないんだから。だから、トップを潰す。同じトップである俺の仕事がクソ増えちゃうのは困るけど、相手国の一般市民に対しては、手厚い策を施してやればいいだけの話だ。どこの国にだって優秀な人間はいるはずなんだから、そーゆー人間たちに統治を任せて、俺は官邸でふんぞり返っちゃうよね。トップの仕事なんて気楽なもんだぜ、つって、両国の復興と、今後やるべき仕事について、色々考えちゃうよね」

「ほう。世界平和どころか、思いっ切り戦争が勃発しているが、敵国の人民に対しても随分と優しい事考えてんだな」

「だからもし、俺がこの国のトップの人間、つまりこの国の最高権力者だとしたら、この国の平和を、外部から守る為にまず、何をするかっていうと、もちろん爆弾とかミサイルなんかが飛んできた時の為の迎撃システムの導入やら、そうならない為の策も講じるには講じるが、同時に、この国に攻撃を仕掛けてくる可能性のある全ての国のトップの人間の居場所や位置を、常に把握できる体制というか、システムというか、そういうものを構築するように、どこかの機関に命ずるよね」

「ほう。そんな事ができるのか？」

「できないって言われたら、できる人間連れて来て、て言う。見つかるまで探す。ほんで、できる人間が見つかったら、チェンジで、つってその人を昇格させる」

「なるほど、さすがは最高権力者だな」

「そんで軍隊には、いざ、戦争になった時、開始から三日以内に、相手国のトップをぶっ潰し、その国の上に立って戦争を指揮している連中を、片っ端から殲滅する事を目的とする作戦を日夜考え、あらゆるパターンの戦略を練り、日々、それを実行する為の訓練を繰り返すよう命じるよね。それが実行できるだけの体制、戦闘力を手にする為に、必要であるなら、国の予算なんて、いくらでもぶっ込んでやる」

「ほう。さすがは国の最高権力者、太っ腹だな」

「狙うのはトップ、戦争を指揮している連中のみだ。兵器を最小限に絞れる分、むしろ軍事費を抑える事ができるかも知れない。そんなもん、一番金をかけたくない部分でもあるからな」

「なるほどな」

「で、この国に戦争を仕掛けてこようなんて連中には、別に俺たちは戦争なんていうクソ行為、興味もなけりゃやりてぇとも思わねぇから、大人しく地道な国政を営んでいるだけの話であって、別に平和ボケしちゃっているわけじゃあねぇんだよ。もし、お前らがやるっつーなら、いつでもお前らを殲滅する為の準備、体制、心構えは、しっかりとできてんだよ。この国に対して、あんま舐め腐った真似かましてくれやがると、いつでも殲滅しちゃうよ？　つって、まあ口にするかどうかは分からないけど、もし、俺がこの国のトップの人間だとしたら、常に心のどこかに持ってると思うよね、そーゆー気持ち」

「怖ぇよ。そんな国のトップ」

「なので、自分の国や世界の平和を維持する為に、なんつって、原爆を必要とする人間の理屈が、俺にはさっぱり分かりません。戦争が巻き起こるような世の中であったとしても、そんな物に意味のある使い道があるとはこれっぽっちも思えないからね。だって、いらねぇじゃん。そんなもん、牽制にすらなりゃしない。そんなもんでこの俺を脅しているつもりか？　この国の国民を人質にでも取っているつもりなのか？　やれるもんならやってみろ。お前らみたいな人間、こっちは三日で殲滅できる。そのボタン、押した瞬間、消え失せるのはお前らの方だ。俺だったらそう嘯いて、この世の中を抑止する。なので、そんな理屈は欺瞞以外の何物でもないと思う。もしくは、低能を極めた人間の戯言としか、俺には思えないね」

「ほほぅ、三日で殲滅ね。ホントにそんな事が可能であるなら、確かにお前の言う事にも頷けるが」

「世の中には、金がないという理由だけで、やりたい事も満足にできない人間がたくさんいる。まともな教育すら受けられず、この社会で生きていく為に最低限、身に付けておきたい知識、スキル、教養、何も身に付けられないまま生きていかざるを得ない人間もいる。今日喰う為の飯にすら、ありつけない人間もいる。金がないという理由だけで、この世の中の枠組みからはみ出して、弾かれて、除外されて、取り残されて、それを克服しようにも、自分たちの力だけじゃどうする事もできないような人間がたくさんいる。金だけが理由じゃないけど、他にも理由はあるけれど、とにかく、世の中には、そういう人間が腐るほど存在する。程度の差こそあれ、どこの国にだっているはずだ。そして恵まれた人間とそうでない人間の差は、時が経てば経つ程、乖離する。きっと、積む事のできる経験の差だと思う。経験は武器だ。積めば積むほど能力が上がる。選択肢も増える。可能性も広がる。知恵も増す。世界が広がる。経験こそ人類最大の武器になり得ると俺は睨んでいるが、それが積めない人間は、何の武器すら手にできない。戦い方すら学べない。人間、嫌でも歳を喰うんだぜ。そんな環境で何年も時を過ごしてみろよ。いつまでも子供のままってわけにはいかないし、無為に歳を重ねただけで、大人になれるってもんでもない。ジリ貧だ。生きてく術が見つからねぇ。できる事なんか何もねぇ。何の知恵すら浮かばねぇ。そんな状態の人間が、悪意にでも晒されたら一溜りもないよ。それこそ悲劇と、惨劇だ。もし、平和を語るっつーなら、まずそういう人間たちに目を向けるべきであって、それに兵器を結び付けるなんてのは、論外過ぎて話にならない」

「ほう」

「そういう人間たちには目もくれず、世の中の人間がテメェの利益とか権益ばかりを追いかけ続けるとどーゆー事になるか。テメェの保身の事ばかりを考えてやがるとどーゆー事になるか。考えるなら、そこだよね、と俺は思う」

「なるほど。何となくだが……、それは、分かる気がするぜ……。で、どういう事だ？」

「自分には、何一つ与えてくれようとはしない社会、何一つ武器を手にできず、戦う術すら分からないままそんな社会に放り込まれ、自分を蔑ろにする人間、虐げる人間、疎外する人間、弾き出そうとする人間、そして、それを見ても何もしようとはしない人間、どころか、そんな自分たちを見下げてくるような人間どもが作り出しているこの世の中、仕組み、つまり、苦しくて、どうしようもなくて、どうする事もできないまま、自身の尊厳を保つ事すら難しい状況にまで追い詰められている自分に対し、何かを施してくれるどころか、切り捨てようとしているとしか考えられないこの社会の中で、そんな立場に立たされた人間が、どういう感情を抱くのかなんてのは、想像に難くない。絶望のあまり、自ら命を絶つ人間もいるだろうし、敵意と憎悪を撒き散らし、ガンガン犯罪に走る人間もいるだろうし、集団となって、暴動を巻き起こす人間もいるだろうし、クーデターでも、テロでも、何でもやってのける人間が出てきたところで、何一つ不思議はない。誰からも何も与えられず、自力で手にする事も叶わない、尊厳すらも踏み躙られて、それでも生きていこうと思ったら、もう、奪うしかないもんね。喰いもんだろうが、金だろうが、幸福だろうが、命だろうが、奪う事以外、何もできないんだから」

「……確かに。そうかも知れないな」

「偉そうに我が物ヅラでのさばってやがる人間どものエゴと欲望、保身、それによって尊厳を踏み躙られる人間たちの屈辱、怒り、憎悪、絶望、世の中で人間が巻き起こす問題の根底にあるものなんて、大概そんなもんなんじゃないかと俺は思うけどね」

「なるほど……。色々と考えてやがるな、お前」

「平和の為に原爆が必要とかいう発想は一体どこから生まれたのやら。自分の国で生きている、そういう人間たちには目もくれず、何も与えず、何も施さず、その事によって将来奪われる事になるかも知れない、今平和に暮らしている国民たちの生活、命、今何とか保たれているだけの国の秩序、治安、そういうものすら守ろうともせずに、人様の上で偉そうに幅を利かせていやがるだけの人間どもが、原爆を使って守りたいものって、一体何なんだろうね。ぜひ、答えてもらいたいよ。平和、なんて答えた瞬間、暴動が起きそうなもんだけど」

「確かに」

「原爆にいくら金突っ込んでやがんのかは知らないけどさ、自分の足元に、金がないという理由だけで、やりたい事も満足にできない人間がたくさんいる中で、まともな教育すら受けられず、この社会で生きていく為に最低限、身に付けておきたい知識、スキル、教養、何も身に付けられないまま生きていかざるを得ない人間がいる中で、今日喰う為の飯にすら、ありつけない人間がいる中で、金がないという理由だけで、この世の中の枠組みからはみ出して、弾かれて、除外されて、取り残されて、それを克服しようにも、自分たちの力だけじゃどうする事もできないような人間が、腐る程存在するこの世の中で、平和という謳い文句を盾に、人々を大量に虐殺し、あらゆるものを奪い去る事しかできない原爆なんて代物に、莫大な資金を費やしてやがる人間どもの目指す世界ってのは、一体どーゆーものなんだろうね、と思っちゃう」

「まあ、な。俺には……、さっぱり分からないが」

「反吐しか出ねぇの次元が違うよ。愚の骨頂、それしか言葉が浮かばねぇ。人間の愚かさも、ここまで極めりゃ大したもんだ。鼻で嗤っちゃうよ。下らねぇ。あんなもん、極めに極め抜いたエゴと欲望の産物であって、そこに愛情なんて気持ちは欠片もねぇ。その理屈に、誰かを思いやる気持ちなんぞ欠片もねぇ。あるのはテメェの利権、権益、保身のみ。原爆に、人間を滅ぼす力はあっても、人々に平和をもたらす力なんて、欠片もないよ。人類が滅びた先にこそ平和があるんです、つーなら、あながち間違ってるとも言い難いけどな」

「……。なるほど……、言えてやがるかもな」

「世の中の趨勢として、お偉い立場にある方々は、みんな口を揃えて、テロと戦うみたいな事を宣言してるけどさ、どう、テロと戦うつもりなんだろうね。この世の中から、テロリストというテロリストを、一人残らず殲滅しようなんて考えちゃってるわけじゃないだろうね。テロリストってのは、そんなお前らみたいな人間に対して、牙を剥いてるだけの人々なんじゃないかと、俺は思うけどね。お前らのような人間たちに、もうこれ以上、何も踏み躙られたくないから、敵意と憎悪を剝き出しにして、必死に抵抗を試みてるだけの話なんじゃないかと、俺は思うけどね。何も手にできず、与えられず、施されず、奪う事でしか何も対抗する手段がないから、自分にできる事の限りを尽くして、世の中に対して、必死に抵抗を繰り返しているだけのようにしか、俺には観えないけどね。それによって、全世界を敵に回す事になったとしても、世界中から憎まれる存在になったとしても、お前らのような人間たちに屈する事なく、全身全霊を尽くして存在していく事を選んだだけの人たちなんじゃないかと、俺は思うけどね。

どーせ味方なんて、ハナからいやしないんだから。この世に生を受けて、その意味も、価値も、何一つ見出せず、お前らのような人間たちに、その全てを蹂躙されて、屈辱と苦しみを味わいながら、たとえ敵わなくても、勝てる見込みなんかなかったとしても、せめて一矢を報いたいと、それこそ命を懸けて、自分の命を捨ててでも、お前らに傷跡を残してやるんだと、その想いだけで戦っているようにしか、俺には観えないけどね。自分にとって、本当の敵は誰なのか、自分を苦しめているものの正体が、一体何なのか、そんな事すら、実は分かってないんじゃないのかな。生を受けてはみたものの、自分の生活、置かれている環境、立場、そこから生まれ来る感情、仕組み、何一つ、理解できず、何一つ、理解されないまま、世の中を憎み、それこそ手当たり次第、無差別に、片っ端から奪えるものを奪いつつ、でも、本当に自分が望んでいるものなんて、何一つ、手にする事もできないまま、お前らのような人間たちが、唯一与えてくれた絶望という名の暗闇の中で、ただただ殺伐とした感情を胸に、日々を過ごしているだけの話なんじゃないかと、俺には思えるけどね。そんな人間たちのトバッチリを喰らうのは、いつだって立場や力の弱い人間たちだ。もはや憎しみが憎しみを生み、憎悪が憎悪を育て上げ、報復が報復を呼ぶ負の連鎖の真っ只中。偉そうに人様の上にのさばる人間どもと、そいつらに阻まれて底辺にしか棲み家を見出せないような人間たちとが、血で血を洗う報復合戦。その間に挟まれて、善良な市民にできる事なんて何もねぇ。居もしねぇ神とやらに、祈るくらいが関の山だ。結局のところ、世の中の偉いとされる立場に置かれながら、権力という名の強大な武器を手にしながらも、テメェの利益とか、権益とか、保身とか、そんなものにしか興味を示さねぇ、自分の事にしか考えが回らねぇような、エゴと欲にまみれた人間どもが、生み出して、育て上げちまった人間こそが、テロリストと呼ばれるような人間たちなんじゃねぇのかと、俺は思っちまう。そしてそんな人間たちの存在を、武力を行使して、本気で跡形もなく殲滅しようなんて考えてるんだとしたら、お前らは正真正銘、神様気取りの×××だ、と言ってやりたい。自覚のねぇ×××ほど厄介なもんは存在しねぇ。自分がどんだけ偉いと勘違いしてやがんだか知らねぇが、どこまで思い上がれば気が済むんだか知らねぇが、吐き気しか催さねぇよ。テメェで生んで、テメェで育てて、気に喰わねぇからテメェで殺す。世の中から虐待なんてもんがなくなるわけがねぇ。世の指導者どもが先陣切ってやってる事だ。世の中全体に影響が及ぶ。口で何を言ってやがるのかは知らねぇが、やってる事はそういう事だ。虐待どころの騒ぎじゃねぇ、正真正銘、虐殺行為じゃねぇか。影響なんてもんは知らず知らずの内に受けちまう。特に、経験が少なければ少ないほど、人は環境に左右される、影響される。世の中なんて、そういうもんだと思っちまう。それが当たり前だと思っちまう。ろくろく考えもせずにそういう世の中に染まっていくんだ。途中で疑問を抱いたところでどうにもならねぇ。そういう指導、そういう教育、そういう扱いを受けて育った人間は、そういう人間に育つんだよ。一部の例外を除いてはな。体に叩き込まれちまったもんは、嫌でも体が覚えちまう。勝手にな。もはや頭じゃどうにもならねぇ。いくら考えてみたところで思うようには生きられねぇ。体に染み込んじまったもんはなかなか抜けるもんじゃねぇからな。そんな事やりたくなんかなかったとしても、体が勝手にやっちまう。感情が動いちまう。もう理屈通りには動けねぇんだよ。思う通りには生きられねぇんだよ。そんなもんしか叩き込まれてこなかった人間は尚更だ。そうなっちまった人間にとって、理屈や道徳なんざ雑音でしかねぇ。唱えるだけ無駄だし、むしろ邪魔だ。自分じゃもう、どうする事もできない、そんな人間が、この世の中には腐るほど存在するんじゃねぇのかと思っちまう。そんな人間たちを、どう扱えばいいのか。考えられる事なんて、一つしかねぇ。もっぺん、体に叩き込んでやるしかねぇんだよ。教えてやるしかねぇんだよ、体にな。分からねぇっつうなら、分かるまで、何度でも、繰り返し、骨の髄まで、意識なんかしなくたってちゃんと動けるようになるまで、それが自分の当たり前になるまで、思う通りに動けるようになるまで、生きられるようになるまで、徹底的に叩き込んでやるしかねぇんだよ。今はない、何かをな。もちろん、善良な何かを、だ。優しさ、親切、温もり、喜び、理解、愛情。地獄が観たけりゃ、観せてやる事だってできる。地獄を観てきた人間は、どうすりゃ地獄が観えるのか、体が知ってるんだからな。全部、体が覚えてるはずだ。そいつを叩き込んでやりゃあいい。体に教えてやりゃあいい。具体的な方法が知りたけりゃ指導してやる。そいつをクソのように扱ってやりゃあいいだけの話だ。まるで神様にでもなったような偉そうな気分で、そいつの権利を侵害した挙句、相手の気持ちなんぞ一切考えずに、思い上がった我が物ヅラをぶら下げて、人格もろとも踏み躙ってやりゃあいい。泣こうが喚こうが関係ねぇ。全ての希望を奪い去り、絶望のどん底まで突き落としてやりゃあいい。つまり、人間として扱わなけりゃいいってだけの話だ。その人間を、誰も助けなけりゃいい。救わなけりゃいい。他人の心なんざ観る必要はねぇ。そんなもん、無視するに限る。無関心こそ最大の防御だ。テメェの事だけ考えろ。他の事なんざ考えるだけ無駄だ。テメェが生きる為なら、他の何を犠牲にしたって構わない。元々そういう世の中だ。お前だけが観る必要はない。心なんぞ捨てちまえ。自分の満足の為に、生贄を作れ。踏み躙れ。そんな人間、ザラにいる。テメェは安全だと思ってのうのうとのさばってやがる平和ボケした人間どもに、片っ端からそいつを叩き込んでやりゃあいい。既にやってる人間もいるようだが、相手が違う。敵はそいつじゃない。見極めろ。敵は人様の上にいる。目を観りゃ分かる。お前を見る、その目だ。人を見下す傲り腐った目ん玉と、人を蔑むその、態度だ。我が物ヅラ、そいつを基準に判断しろ。言葉なんぞ一切聞くな。行動、態度、目付き、それだけで見極めろ。相手は何様気取りのクソ野郎どもだ。そいつを狙え。そしてお前が上を目指せ。何も考えずに、他人の事など蹴落としながら、どこまでも上り詰めて、人様を支配すりゃあいい、人様の上に君臨すりゃあいい。大丈夫。心配はいらない。お前ならできる。もう既に、体が知ってるんだからな。お前がやられてきた事だ。やられた事はやり返せ。屈辱、羞恥、辛苦、絶望。そいつを片っ端から叩き込んでやりゃあいいだけの話だ。何も考えるな、何も観るな、何も感じるな、何も気にするな。それさえできりゃ、お前が勝利者だ。自信を持て。心なんぞ捨てろ。お前の可能性は無限大だ。どこまでも上り詰めろ。そうやってトップに君臨できれば、犯罪すらも正当化できる。人を利用しろ、逆らう奴は潰せ。都合が悪けりゃ消せ。殺人だろうが何だろうが、もはやお前のやりたい放題だ。そいつを誇れ、ここが勘違いのしどころだ。最大の見せ場だ。自分は特別な存在であり、周りの人間どもとは違うのだと、他の誰よりも偉いのだと、人として優れている自分には、誰も逆らうべきではないのだと、最大の勘違いをかましながら、思う存分のさばった挙句、世の中なんざ地獄のどん底まで叩き落としてやりゃあいい。この世を地獄に変えてやれ、突き落とせ。上にのさばる人間どもがクソであればクソである程、世の中なんざクソに変わる。国も、社会も、組織も、家族も。全員地獄の当事者にしちまえばいい。上から叩き込んでやればいい。暴動も、殺人も、犯罪も、暴力も、当たり前の世の中だ。お前ならできる。蛇の道は蛇、経験は武器だ。そいつを活かせ。その全てを駆使して這い上がれ。お前がトップに君臨できれば、そんな社会もすぐに訪れる。そうすりゃ嫌でも考える。平和ってもんがどういうものなのか。どうすりゃ幸福ってもんが訪れるのか。誰もが必死に考える。この世の中の全員がだ。誰も、他人事だなんて言っちゃいられねぇからな」

ヤッさんはMの言葉の真意を探る。Mの狂気が増幅していく。膨張していく。その度合いが、理解の範疇を超えていく。人は、その気になれば悪魔にだってなれる。なぜかそんな間抜けな事を考えた。Mは続ける。

「まあ、お前らが神だって事は、認めてやるがな」

「そうなのか?」ワケが分からず、ヤッさんは訊ねる。

「もちろんさ。その存在は、まさしく神、そのものだ。人々に試練という名の苦しみを与え、何もやらねぇ何もできねぇ何も施さねぇ、そのくせ偉そうに人様の上にのさばりやがる。テメェは安全な場所から、正義の為だか平和の為だか愛の為だか知らねぇが、聞こえのいい言葉ばかりを並べたて、与えるものは苦痛のみ、テメェの立場に酔いしれて、やってる事は犯罪だ。

逆らえば潰す。場合によっては消す。力ずくだ。相手がテロリストであれば虐殺も辞さない。テロリストだって人間だ。行為はテロと何も変わらない。殺人すらも正当化だ。人の頂点がそいつらだっつーなら、神様なんてどこにいる。何が神様はいつも見守ってくれている、だ。やってる事はただの見殺し、最低最悪の傍観者じゃねぇか。偉そうに、高みの見物かましてくれてやがんじゃねぇ。神が人に試練を与えるなんて話はよく聞くが、人を助けたなんて話、聞いた事があるかよ。何が試練だクソ野郎。お前の与えるその苦しみで、何人の人間が死を選び、地獄を観てきたと思ってやがる。加減も知らねぇ×××が。殺すぞ、クソが、以外にセリフがねぇ。信じる者は救われる？　誰一人救った事もねぇ存在を、誰が信じられる。それでも、何かに縋（すが）りたくて、自分じゃどうする事もできなくて、頼れる存在が他になくて、祈るような気持ちでお前らみたいな存在に何かを託したり、願いを込めてお前らみたいな存在を崇めようとする人間たちを、簡単に裏切って突き落とす。そんな人々の祈りとか、願いとか、想いなんかに興味はねぇ。聞く耳なんかハナからねぇ。平気でバッサリ切り捨てて、テメェの立場に酔い痴れる。お前らも神も一緒だ。何一つ違いはねぇ。屁の役にも立ってねぇんだよ。むしろマイナス。そんなもんに何かを期待してみたところで、バカをみるのがオチってもんだ。そんな存在が、人様の上にのさばっていいわけがねぇんだよ。虫唾が走るの次元が違うよ。どいつもこいつも、片っ端から引き摺り下ろして、踏み潰して、粉々にした挙句、木っ端微塵に粉砕して、跡形もなく殲滅してやりてぇと思うのは俺だけか」

「むぅ……。なるほど。お前……、それ……、完全にテロリスト側の立場に立った人間の考え方だな。……というよりもむしろ、テロリストの感情をも超越してんじゃねぇかと思えるくらい、凄まじいお前の怒りを感じるが、お前は一体……、どんだけ追い込まれて人生を生きてきたんだ……。思考が、ぶっ飛んでやがる。だが……、あながち間違ってるとも思えねぇ……」

「その存在が、自分にとって都合が悪いとか、そいつが存在する限り、自分は何も変われねぇとか、その存在が心の底から気に喰わねぇとか、自分の苦しみの原因はこいつなんじゃねぇかとか、そう判断したら、潰しにかかるのが人間だ。自分にとって、都合が悪ければ悪い程、邪魔であれば邪魔である程、気に喰わなければ気に喰わない程、憎ければ憎い程、その想いが、強ければ強い程、手段すら選ばなくなってくる。相手の立場なんか関係ねぇ、気持ちも一切考えねぇ。目的は相手を潰す事、傷つける事、苦痛を与える事、奪う事、踏み躙る事、この世の中から、消し去る事だ。互いが互いをそう思い始めるところから争いなんてもんは生まれるし、どちらかが仕掛ければ当然のようにやり返す。その力を持たない人間は潰されて終わるだけ。怒りや憎しみなんてものはガンガン増幅していくし、互いが互いをそう思っている間は負の連鎖は止まらねぇ。本当にどちらかが消え失せるか、一人残らず殲滅されるまで、テロだの紛争だのは、永遠に続く。相手を傷付け、潰して喜ぶなんざイジメと何も変わらねぇ。自分より立場や力の弱い人間を守ろうなんて気は更々ねぇ。相手が誰であろうと、どんなに立場の低い人間だろうと、弱い立場の人間だろうと、気に喰わなけりゃ潰すのみ。世の指導者どもが、率先してやってる事だ。イジメが世に溢れかえるなんてのは必然。差別もまた然り。口で何を言ってやがんのかは知らねぇが、中身はそういう指導でしかねぇ。そしてそれを自ら実践してやがるんだから、世の中が良くなるなんて事はあり得ねぇんだよ。世の中なんざ、自分を映し出す鏡みたいなもんだ。人間、自分の中に在るものはよく観える。弱さ、汚さ、醜さ、卑屈さ、それが偏見だっつー事にすら気付きもせずに、どいつもこいつも言いたい放題だ。ないものなんて、一切観る事はない。ここに、俺の偏見が存分に含まれている事は重々承知しているが、俺からすればこんな世の中、腐り切ってるようにしか観えねぇよ。テロのない世界なんてのは、結局のところ、お前らのような人間たちの方こそが、根こそぎ居なくなった後にしか、訪れる事のない世界なんじゃないのかと、俺は思ってしまう。イジメも、自殺も、虐待も、犯罪も、撲滅したけりゃテメェが消えろ。そんな人間どもが、人様の上の立場から、何をほざこうが、何を語ろうが、どんなに立派な演説をぶとうが、その言葉の中に、真実があるとは到底思えない。奴らの語る理想、世の中、望み、その全てが、奇麗事でしかねぇ。エゴでしかねぇ。欲望でしかねぇ。お前らのような人間の方こそが、この人間社会から消え失せるか、何かを改めない限り、こんな世の中、何も変わらないんじゃないかと、俺は思う。あんたらの仕事って、一体何なんだろうね。あんたらの職務って、一体どういうものなんだろうね。あんたらの任務って、あんたらの役割って、使命って、その地位、その立場において、本来やらなければならない事ってのは、一体どういう事なんだろうね、て俺は、あらゆる立場に置かれている全ての人々に問いたいよ。その辺の事を、もう一度、シッカリと、誰にどう言われたからではなく、誰にどう思われるかでもなく、自分の頭を使ってちゃんと考えて、自身の脳ミソでシッカリと判断した挙句、自分の責任でもってキッチリと決断を下し、それをガンガン実践した上で、金でも地位でも権力でも手に入れやがれ、と俺は言いたい」

　そこまで話すと、黙り込み、沈黙を貫くM。Mの言葉を吟味しながら、言葉を探しているヤッさん。

「まあ……、色々と……、ぶっ飛んじゃってる気もするし、お前の言う事が全て正しいかどうかは置いといて……、でも、俺にも何か……、観えてきた気がするな」

「ホント？」

「つまりお前のやりたい事ってのは……、その辺の問題を、全世界の人々に意識させ、想像させることによって、危機意識やら当事者意識を芽生えさせ、考えさせて、自らの意志で解決に向かうよう、仕向けるという事か？」

「まあ……、やるのは社長だけどね」

「お前がやれよ！　社長にやらせてんじゃねぇ」すかさずツッコミを入れるヤッさん。

「あひゃひゃ」笑い声を上げるM。「俺に、何ができるかな」

「それは、分からねぇが。何しろ、お前のやろうとしている事は、難し過ぎる。俺にも、できる事があるなら手伝いてぇとは思うが」ヤッさんが真剣に頭を悩ませる。

「ヤッさんは、そのままでいいと思うよ」

「あ？　どういう事だ？」Mに顔を向けるヤッさん。

「ヤッさんはもう、できてるよ。俺がやって欲しい事、もう、全部やってるよ」

「ん？　どういう事だよ」怪訝な表情を浮かべながら、ヤッさんが同じ質問を繰り返す。

「ヤッさんは、俺のような人間の言葉も、ちゃんと聞いてくれる。俺のような人間に対しても、ちゃんと接してくれる。ちゃんと耳を傾けて、分かろうとしてくれる。何かを、してくれようとしてくれる。本当に有難いよね、そういう人の存在」

「そうか？　まあ……、お互い様のような気もしなくもないが」

「ホントに、有難いよ」しみじみとした口調でそう話すM。「聞いてくれて嬉しかった。ヤッさんに話してみて、本当に良かったと、今、そう思ってる」

「フッ。しかしまあ、お前の話を聞いてると、お前のような人間の事をバカだと思って舐め腐ってるような人間どもが、ホントにバカに思えてくるぜ」そう言いながら笑みをもらすヤッさん。「まあ、お前の人生だ。お前の好きなようにやってみたらいいと思うぜ。俺にできる事があるなら言ってくれ。何かしら、手、貸すからよ」

「ありがとう、ヤッさん。心強いの次元が違うよ」

Mの書き込み二十

テロリズム
それは神の名の下に

肉体的　精神的　社会的　経済的……
潰せるものから潰してしまえ！！！！！

自爆テロル
そのダイナミズム

目的は不満や怨恨からくる苦しみからの脱却か
この世が地獄だから
あの世は天国だとでもいうように
そんな苦しみも救えない神が全知全能なわけもなく
何の罪もない人間を巻き込む事が大した思想とも大義名分とも思えない

聖戦か
はたまたただの腹いせか

もし
神様が本当にいたとしても恐らくは無力
もし

本当に全知全能だとしたら手を抜いていやがるという事だ
あんま怠けてると殺すぞと思う

お前らは神に縋るのか？
俺たちは神に挑む！
奴らには実現できない事を俺たちは実現する！
偏見と戦い　孤独に打ち克ち　世界を巻き込み　未来を創る！
現実と戦い　自分に打ち克ち　罪すら飲み込み　君を愛す！

想像　実践実践実践実践　その、繰り返し

神とは希望か　支えか　はたまた戒めか
そもそも周りの人間がちゃんと支えてやる事ができれば
ちゃんと守ってやる事ができれば
戒めてやる事ができれば
神様なんか必要ねぇと思う

全人類の経験

そこで生まれるポテンシャル
それを育む人間力は
全知全能を凌駕する

新聞紙

あいつ、宗教でも開けばいいのに。
M教祖、面白いかもね。
神様全否定の教祖様？　思いっ切り神様に喧嘩売ってますけど。
俺たちは神に挑む！　て、まさかその俺たちの中に、俺たち含まれてないだろうな。
俺たち、て誰の事だろうね。
俺は宗教には入らないよ？
俺たちを巻き込もうったってそうはいかないよ？

夜、オフィス。Mが自席で原稿を広げていると、Mの様子を窺いながら制作課の女の子が近付いてくる。それに気付いたMは、女の子が手にしている包みに目を向けた。

子。

「Mさん、初契約おめでとうございます」そう言って手にしていた包みをMに差し出す女の

「あ、ありがとうございます」戸惑いながらお礼を言い、包みを受け取るM。

Mは前日に契約を上げていた。入社して八ヵ月、遂に自力での初契約だった。その契約に会社中が沸いた。遅過ぎるMの初契約に、文句を垂れる社員は一人もいなかった。誰もがMの成長を歓迎し、その契約を称えてくれた。Mは素直に嬉しかった。これでようやく自分もみんなの一員になれたような、スタート地点に立てたような、そんな気がした。

「で、何？　それ」と言ってMの隣席に座る同期社員がMの持っている包みを指す。

「鏡」と制作課の女の子が中身を告げる。

「鏡？」みんなが不思議そうにMの持っている包みに目を向ける。

「Mさんち、鏡ないんだって。だからプレゼント」と制作課の女の子が口にする。

「Mっちゃんち、鏡ないんだ？」と編集課の女性課長。

「ま、まあ……」と言葉を濁すM。「ありがとうございます」と口にしながら、Mの心に安堵の気持ちが広がってゆく。この子は僕のうちに鏡がある事を知らないんだ。以前感じた薄気味の悪さは僕の考え過ぎだったんだ。僕が家で鏡ばかり見ていた事を、この子は知っていたワケじゃなかったんだ。知っていてあんな話を持ち出したワケじゃなかったんだ。そんな事を考えながら安心していた。すると社長が自席からMに声を掛ける。

「お前、これから頼むぞ。この調子でガンガン契約取ってきてくれよな」

突然の社長の言葉に戸惑いながらも「はい、頑張ります」と答えて小さく頭を下げるM。すると同期社員が、

「社長からは何かプレゼントないんですか？　せっかく初契約取ったのに」とどこか嬉しそうに声を張り上げる。

「そうだな。こんど高級な風俗にでも連れて行ってやるか」と大声で答える社長。

「風俗かよ」社員たちが笑う。

「な、M。行きたいだろ？」と社長がMに訊ねる。

「あ……、はい」と答えるしかないM。

「あ……、はい。じゃねぇよお前。マニアックなビデオでセンズリばっかりこいてないで、お前も彼女でも作れ」と冗談めかして笑い飛ばす社長。

その瞬間、Mの顔が蒼白になるのをヤッさんは見逃さなかった。

「どうした？」

Mは固まった。薄気味の悪さと共に。

「いや……、何でもない」そう口にするのが精一杯だった。

帰宅後、Mは部屋を新聞紙で覆い隠した。壁も、天井も、窓も、鏡も、至る所に新聞紙を貼り巡らせ、自身の住処を覆い尽くした。得体の知れない視線から、自らの生活を守るかのように。そして誰にも知られず所持していたはずの、社長にマニアックと称されたアブノーマルなアダルトビデオの数々を封印し、ホームページを閉鎖した。それから文書作成ソフトを立ち上

げたMは、そこへメッセージを発信する。

Mの書き込み二十一

俺へのストーキング行為は楽しいかい？　俺は人に干渉されるのが嫌いでね。どうせこの文章もお前らには筒抜けなんだろ？　俺はお前らなんぞと付き合うつもりはない。お前らのエゴの犠牲になるつもりもない。何が目的だか知らないが、何様のつもりだ、人のプライバシー侵害してきやがるんじゃねぇ。こんな真似されて喜ぶ人間、この世の中に一人もいねぇ。こんな真似されて嬉しい人間、この世の中に一人もいねぇ。反吐しか出ねぇ。怒りしか湧いてこねぇ。殺意しか湧いてこねぇ。気色が悪いの次元が違うよ。今すぐやめろ。さもなければ殺す。何がおもしろいのか知らないが、お前らの目的なんぞ徹底的に潰してやる。この俺がお前らの望み通り動くと思うなよ。

Mのお陰

　オフィス。

「Mッチー、最近どう？」と隣の席に座る同期社員がMに訊ねる。

「どうって何がスか？」とMは訊ね返す。

「色々。忙しくて気が立ってないか？」

「まあ、多少気は立ってるかも知れませんが、忙しさのせいじゃないですよ」

「自分を見失うなよ」とどこか心配顔の同期社員。

「とっくにないですよ、自分なんて」と自嘲気味に答えるM。

「大丈夫、Mっちゃんは Mっちゃんなんだよね」と向かいの席に座る編集課の女性課長が割って入る。

「どういう事ですか？」とMは女性課長に顔を向ける。

「Mっちゃんは正義感が強いし、勇ましいって事」と女性課長が胸を張る。

「…………」何と返していいか分からず無言のままのM。

「みんなMさんには期待してるんだから、変な気起こさないでよね」と女性課長の横で立ったまま原稿を眺めていた編集長も話に加わる。

「変な気って何です？　誰かにそう言えって言われたんですか？」とMは質問する。

「誰によ」編集長の答えは素っ気ない。

「いや、分からないですけど……」Mは不気味さを感じる。会話が不自然な気がするのは気のせいか。

「私の子供も最近明るくなってきたし、Mさんも入社した頃に比べるとハツラツとしてるなと思ってさ」と明るい表情でそう口にする編集長。

「そう見えます？」意外そうな口調で訊ねるM。

「うん、見える。高度成長期とか、そんな印象」と真面目な口調で返す編集長。

「言えてるかも」そう言って横で笑う同期社員。きょとんとした表情を見せるM。

「編集長のお子さん、最近会社に電話してこないですね。今はちゃんと学校に行ってるんですか？」とMは話題を変える。

「ううん。学校には行ってないけど、でも友達はいるみたい。よく遊んでる。私もなるべく優しく接するようにしてるから、少しずつね」と答える編集長の目はどこか優しげだ。

「明るくなってきたなら良かったですね」Mは心からそう思い、口にする。

「うん。Mさんのお陰よ」と編集長がMに目を向ける。

「はい？　何で僕のお陰なんです？」と不思議そうな顔を編集長に向けるM。

「ん？　何となくだけど」と微笑みながら手に持っている原稿に目を落とす編集長。

「Mっちゃんのお陰で会社も変わってきたからね」と編集課の女性課長。

「本当ですか?」とM。

「Mッチー、何気にやるからな」と同期社員が持ち上げる。

「何をです?」と驚きの口調で訊ねるM。

「またとぼけやがって」と同期社員がMを肘でつつく。

「この先のMさんの考えが知りたい」と編集長が原稿から顔を上げる。

「僕の考え?」

「そう、Mさんが今何を考えて、今後どうするのか」

「何でですか?」

「ん? 何となくだけど。ホームページも閉じちゃったみたいだし、気になるから」

「誰かにそう聞くように言われたんですか?」不思議そうにそう訊ねるM。

「誰によ」

近未来一

我が国の首脳となった社長と、某国首脳との両国首脳会談。

社長「あなた方の目的は何ですか？　我々やその他の国を敵とみなし、挑発するかのようにミサイル実験を繰り返す、そして核を保有する目的は、一体どこにあるのですか？」
某国首脳「どんな国が攻めてこようとも、我々は敗けない。勝利をこの手にする為だ」
社長「どこの国があなた方を攻めるというのです？　何の目的で？　戦争をして誰が喜びますか？　戦争をして国の発展が望めますか？　国民の幸福が得られますか？　得られるものなんて一つもない。どこの国の国民も、戦争なんて望んではいないのです。あなた方は真の目的を見失ってはいませんか」
某国首脳「何が言いたのか理解できない」
社長「誰もあなた方を脅かさないという事です。それなのに軍事力を日増しに強化していくあなた方の目的が分からないと言っているのです」
某国首脳「あなたは過去の戦争を忘れたのですか？　あなた方の国が、我が国にどんな仕打ちをしたか」
社長「それは我々の過ちです。過去の過ちはもうどうしようもない。我々は取り返しのつかない過ちを犯しました。しかし、過去なんて教訓にする以外何の使い道もない。成長できなければ何の価値もないのです。我々には反省があります。我々には、侵略戦争は二度としないという誓いがあります。それが我々の成長の証です。それは我が国の誇りに賭けて誓える事です。我々はあなた方に約束します。我々があなたの国の領土、領空、領海、人権、命、財産、尊厳、その他何であっても、それらを脅かす事は、未来永劫ありません」

某国首脳「信用できない」
社長「どうすれば、信用してもらえますか？　この私を」
某国首脳「まずは我々に対する経済的な制裁を解く事だ」
社長「それは考慮に値します。あなた方が軍事力の強化をやめ、挑発的なミサイル実験をやめ、核の保有を断念すれば、十分考える余地はあります」
某国首脳「制裁を解くのが先だ。そしたら我々にも考える余地はある」
社長「今のままではそれは無理でしょうね。世論が許さない。もし考えを改めてもらえるなら、私は世界中に働きかける用意がある。制裁を解くよう説得する準備がある。あなたの考え方一つで、あなた方の経済をより豊かにできる。今一度、国の在り方、世界での立ち位置、世界の趨勢、未来、今後の世界の在り方について、考え直してみてはいかがですか？　一考に値しませんか」

Mの書き込み二十二

人生で一番つまらない事は、くだらねぇストレスを溜める事だ。お前らのそのクソ行為、ストレス以外の何でもねぇ。今すぐやめろ。いつまでも、どこまでも、何様のつもりだ。しつけぇの限度を超えている。うんざりなんてもんじゃねぇ。お前らのやっている事は、ただの人権侵害だ。それ以外の何でもねぇ。傲慢なんてもんじゃねぇ。横暴なんてもんじゃねぇ。お前らの目的なんぞ、全てぶち壊してやる。台無しにしてやる。今に見ていろ。絶対に後悔させてやるからな。

普通

制作部屋。修正原稿を持ち込んだMに、制作課の女の子が話し掛ける。

「Mさんは誰よりも平和を愛する人ですよね」

「はい?」突然の意味不明な質問に、素っ頓狂な声をあげるM。

「一度目指した事は絶対に諦めませんよね」

「何です? 急に。でも僕、諦めはいい方ですよ。時と場合によりますけど」とMは答える。

もう一人別の女子が口を開く。

「Mさんは犯罪なんかとは縁遠い人ですよね。争い事は好みませんよね」

「まあ、好みではないですね」

「暴力や犯罪、戦争やテロには絶対反対ですよね?」

「何です？　急に。誰かにそう言うように言われたんですか？」Ｍは不気味さを感じて質問を返す。話題が不自然な気がするのは気のせいか。

「いえ、何となくですけど」

「…………」

「でも世界平和が夢なんですよね？」と質問を重ねる制作課の女子。

「僕の夢は……」言い淀み、少し考えてから再び口を開くＭ。「結婚して普通に家庭を築く事です。世界平和はそのついでです。おもしろいかな、と思って」

「そうなんですか？」意外そうな口調でそう訊ねる女子。

「そうですよ。僕は誰よりも普通に憧れています。病んでますからね」とＭは静かな口調で答える。

「本当に病んでるんですか？」

「病んでますよ」

「そんな風に見えないけどな。病んでるって、どういう状態なんですか？」

「今は精神に平穏がない。安らぎがない。常に憂鬱を感じるし、そして殺伐としています」冷静に自分の心情を読み上げるＭ。

「Ｍさんはいつも穏やかに見えるけど」

「ありがとうございます。これでも随分マシになった方ですよ。お陰様で」

「そうだったんですね。Ｍさんは普通に見えるけど、Ｍさんにとっての普通って、どういうものなんですか？」

「僕にとっての普通ですか？」少し考えて、再び口を開くM。「そうですね……。嫌な事もあるけど、いい事も楽しい事もちゃんとあって、安らげる瞬間や場所がちゃんとあって、それで精神のバランスがちゃんと取れて、少しずつでも成長できる環境に身を置く事ですかね。何よりも、心に平穏がある事です」

「心の平穏ですか」

「そうです。心の平穏です」

「Mさんはちゃんと成長してると思うけど」

「ありがとうございます。皆さんのお陰です」

「Mさんなら叶えられますよ、夢」

「ありがとうございます」

「だから早まらないでくださいね」

「何の話ですか？」どこかとぼけたように視線を床に落とし、制作部屋を後にするM。外に飛び出し、携帯電話を手にすると、メモ帳機能を開き、文章を打ち込み始める。

Mの書き込み二十三

今の話は聞いてたかい？　さすがに会社の中にまでは入り込めないか？　どうせこの文章も筒抜けなんだろ。それとも携帯まではハッキングできないか？　どっちなんだこの野郎。こんなプライバシーだだ洩れの男と、一緒に暮らしたい女性がいるなら連れて来い。結婚したいなんていう女性がいるなら連れて来い。お前らのそのクソ行為が、人の夢をぶち壊す。人の人生を踏み躙る。お前ら、人を追い込むからには、当然自分も死ぬ覚悟ができてんだろうな？　テメェだけ安全な場所にいられると思うなよ。ぜってぇ潰す。ぜってぇ殺す。お前らのやっている事は、ただの人権侵害だ。何度でも言う、お前らのやっている事は、ただの、人権侵害だ。どんな立場に立っていようが、やっていい事じゃねぇんだよ。正当化できるものならやってみろ。聞こえるように言い訳してみろ！　お前らに何の権利があってこんな真似をしていやがる。その理由を言え。この俺に、聞こえるように言ってみろ！　聞こえた瞬間、殺すけどな。クソども。思い上がるのもいい加減にしとけ。

心配

その日、インターフォンの音でMは目覚めた。まだ暗いじゃないか、そう思った。何時だ？ Mは時計に目を向ける。もうお昼を回っていた。新聞紙で覆われたMの部屋は、昼間になっても薄暗かった。Mの部屋に訊ねてくるのは新聞の勧誘くらいなものだ。めんどくせぇな、Mは呟きながら玄関へと向かう。気怠い身体を引き摺りながらMがドアを開けると、そこには母親が立っていた。Mは驚きの余りドアノブを握ったまま固まった。母親はMの顔をジッと見つめる。

「寝てたの？」母親が口を開く。突然の来訪に、Mは言葉が出てこない。

「疲れてるんじゃない？ 大丈夫？」母親が心配そうにそう訊ねる。

「何？ 何しに来たの？」Mはようやく声を振り絞る。

「様子を見に来たの」

「何で」

「母親が子供の様子を見に来ちゃいけないの？」母親が部屋の中を覗き込む。それを隠すようにしてその視線の先に身体を動かすM。母親が怪訝そうな顔をする。

「どうしたの？　何か隠してるの？　中に入れてよ」

Mは返答に詰まる。嫌な予感だけが頭をよぎる。この部屋を母親に見られてはマズイ。それだけは確かだった。

「やけに暗いわね」母親がMを押しのけて部屋の中へ入ろうとする。

「何だよ。何しに来たんだよ」Mはどかずにそう口にする。

「中に入れてよ。何か見られちゃマズイものでもあるの？」

Mが答えられずにいると、母親は強引に部屋の中へと入ろうとする。Mは目眩を感じた。母親の目が見開かれるのを感じる。

「何？　これ。どうしたの？」母親は靴を脱ぎ、部屋の中へと押し入っていく。万事休す。Mは諦めて部屋へと入っていく母親の後ろ姿を見つめた。部屋を眺め、辺り一面を見渡し、何か不気味なものでも見るような目付きで母親がMを振り返る。確かに不気味だった。この部屋の光景は確かに異常だ。部屋一面にダラしなく新聞紙が貼り巡らされ、暗く異様な雰囲気を醸し出している。なぜ、こんな事をしているのか、なぜ、こんな部屋で暮らしているのか、誰だって疑問に思うだろう。そして異常に思うはずだ。こんな部屋で暮らしている人間は、どう好意的に見てもまともな生活をしているようには思えない、いや、まともな精神状態にあるとはとても思えないだろう。母親の心配そうな目がMを見つめる。この目付きが嫌だった。この目付きが苦手だった。

「どうしたの？　この部屋」母親の声は震えていた。「どうしてこんなになってるの？　どうして部屋中に新聞紙が貼ってあるの?」この心配そうな声が嫌だった。この心配そうな声が苦手だった。Mが答えられずにいると、母親の目に涙が溜る。最悪、Mが呟く。

「何?」母親が訊ねる。

「何でもないよ。心配するような事は何もないよ」Mは母親から目を逸らしながらそう口にする。

「何でもない事ないでしょ? 何でこんな部屋で暮らしてるの? 何かあったんでしょ?」

「何もないよ」

「何もないのに部屋をこんなにしてるの?」Mは必死に言い訳を考える。しかし、どんなに頭を巡らせてもこの異様な光景を説明できるような嘘は思い付けなかった。

「あなた、疲れておかしくなっちゃったんじゃないの?」母親がMの顔を覗き込む。

「はぁ?」Mは白けた顔を母親に向ける。

「病院へ行こう」母親のその言葉にMは苛立ちを覚える。

「何で」

「一度病院で見てもらいましょう」

「だから何で」Mが苛立ちの声を上げる。

「あなた疲れてるのよ。何、この部屋。おかしくなったとしか思えない」母親が部屋全体を見渡す。

「なってないよ」

「じゃあ理由を言って。何で部屋をこんなにしてるの？」

Mは言い訳を考える。しかし、こんな部屋の言い訳なんて、あるはずもない。

「今から病院へ行きましょ」母親がMの腕を摑む。Mはその手を振り払う。

「行かないよ。何で病院なんかいかなくちゃならないんだよ」

母親の心配そうな目がMを見つめている。Mは気まずそうに視線を下に向ける。本当の理由なんて言えるわけがない。それこそ病院へ連れて行かれるだけだ。だから一人がいいんだ。だから俺は家を出たんだ。その心配が邪魔なんだ。その心配が、いつも俺の邪魔をする。母親に心配されるたびに、いつも俺は何もできなくなってしまう。母親に心配されるたびに、いつも俺の心は重くなる。母親に心配されるたびに、いつも俺は我慢を強いられる。やりたい事なんて何もできなかった。やりたい事なんて何も主張できなかった。それが嫌で溜らなかった。邪魔なんだ。その心配が。

「帰ってくれないかな」俯きながらMが口を開く。「心配なんていらないから。俺は大丈夫だから、帰ってくれないかな」今度は母親の目を見つめてそう言い放つ。母親の目には涙が溜っている。

「帰ってくれ」母親の腕を取り、外へと促すM。母親は心配そうにMの顔を見つめている。

「心配いらないって」Mはそう口にしながら、母親を外へと誘導する。

「本当に大丈夫なの？　何かあるなら言って。困った事があるならお母さんに言って」

「何もないよ」

「本当に？」

「本当に何もないって」

母親はしぶしぶ靴を履きながら、部屋の外へと押し出される。母親の心配そうな顔から目を逸らし、Ｍはドアを閉める。そしてそっと鍵をかけた。邪魔なんだ、その心配が、そう思いながら。しかし、後味の悪さが胸に広がる。

Ｍの書き込み二十四

お前らのような人間はいつだって俺に孤独を与えてくれる。目的は何だ。お前らには一体どんな目的がある。こんな真似されて平気でいられる人間どこにもいねぇ。こんな真似されて平静でいられる人間どこにもいねぇ。お前らにこの俺の気持ちが分かるか？　こんな真似をされる人間の気持ちを考えた事があるのか？　その考えのなさが問題なんだ。世の中で巻き起こる悪しき事象の原因と、その全ての根本だ。孤独、憂い、怒り、殺意、そんなもんしか湧いてこねぇ。絶望以外の何でもねぇよ。どこまで人を追い込めば気が済みやがる。だが、そんな事言ってても埒があかねぇ。ひとつ、聞きたい事がある。お前らにも事情があるのか？　やめるにやめられない事情が。金か？　それとも他に理由があるのか？　それを教えて欲しい。姿を現せ。もしお前らにも事情があるなら、相談に乗らない事もない。一度でいい、この俺の前に姿を現せ。一緒に手立てを考えよう、お互いのプラスになるように。猶予は三日、その間に判断しろ。人類に敵などいない。全ては関わり方の問題だと俺は思う。お互いの歩み寄りが大切だ。お前らが俺の前に姿を現し、頭を下げるなら、俺はお前らと対等に付き合う用意がある。お前らの目的を、望みを、お前らの悩みを、その解決する方法を、一緒に考える用意がある。やっちまったものは仕方がねぇ。やっちまったものは、もうどうしようもないからな。そんなもん、もうどうにもならねぇ。百歩譲ろう。今までの事には目をつぶる。それについてとやかく言うつもりはない。これからの事を考えろ。お前らがこのクソ行為を今すぐやめて、二度としないというのなら、過ぎた事は忘れてやる。猶予は三日、ここで待つ。賢明な判断を下す事だ。

近未来二

社長「人類に敵なんていないのです。全ては関わり方の問題だと思いませんか。お互いの歩み寄りが大切なのです。もし、あなたの国に憂いがあるなら取り除きましょう。困っている事、悩んでいる事、心配している事があるなら相談してください。親身になって対応する用意がある」
某国首脳「あなたに相談する事など何もない」
社長「外に敵を作るのではなく、もう少し内政に目を向けられませんか。あなたの国にも、困窮に喘いでいる国民がたくさんいるのではありませんか？　ミサイル実験や核の保有、軍事力の強化は、国を強固にするという今の国政は、ただの野望であって、あなた方のエゴではありませんか？　その資金を国民の生活に回す事はできませんか？　お互いもっと国民の立場に立った政策を」
某国首脳「我々への侮辱と偏見、冒瀆だ。我が国の内政への口出しは無用、干渉は許さない」
社長「協力できる事は協力します。あなたの国の発展の為にできる限りの協力を。私は全世界の国々が、それぞれの国民の幸福の為に協力し合えるよう働きかけていきたいと考えています。お互い足りない点は、協力し合い、補い合って、世界の発展の為、人民の幸福の為に努めていけるよう、世界中の国々に働きかけていくつもりです」
某国首脳「…………」
社長「我々はあなたの国を脅かさない事を約束します。世界中に我々と同じ意志を持つよう働きかけます。だから軍事力にかける資金を、もっと別の事に活用しませんか。国民の幸福の為、お互いの発展の為、世界の平和の為に。国はあなたの為に存在しているワケじゃない。国の成長・発展の為、国民の幸福の為にあなたがいるのです、あなたが必要なのです。国のリーダーであるならば、エゴと甘えは捨てるべきだ」

某国首脳「どこまでも我々を侮辱する気か？」
社長「私は人を侮辱したりはしない。あなたを友人のように思っています。そして国民を家族のように思っているし、友人の家族の事も、守りたいと思っている」
某国首脳「私とあなたが友人？　敵国の首脳同士が？」
社長「人類に敵なんていませんよ。全ては関わり方の問題です」
某国首脳「今後、あなた方は我々とどう関わっていくつもりですか？」
社長「協力し合える関係になりたい。お互いの困っている事、悩み、心配事、何でも相談し合えるような、それについて協力し合い、補い合っていけるような。相手の弱みに付け込むのではなく、お互いの弱さは支え合い、助け合い、共に成長していけるような、共に発展していけるような、そんな関係を築きたい」
某国首脳「なるほど。それで？　我々にどうしろと」
社長「それはあなた方の自由です。我々は誰も支配しない。何も強制しない。干渉もしない。あなた方の自由を尊重します。しかし、そこには責任が伴います。我々には国民の平和を守るという責任があります。義務があります。それを脅かすものは自由とは呼べません。そんなものは断固として容認できない！　それについてはトコトン追及していくつもりです」
某国首脳「………」
社長「誰も何にも支配されるべきではないのです。支配は反発を招きます。反発は暴動を、果てはテロや紛争を誘発します。支配なんて、傲った人間のエゴでしかない。そんなものは必要ないのです。誰もが自由意志で、自身の、果ては世界の成長・発展に資する事が理想なのです。一人でも幸福を感じてもらえる国民が増えたなら、それが我々の勝利です。真に幸福な人間は、人を脅かしたりはしないものです。誰もが幸福な人生を歩めるようになれば、戦争はなくなります。テロも、犯罪も。軍事力など、必要なくなるのです」
某国首脳「それは単なる理想であって、現実的ではない」
社長「それを理想と思うなら、理想は人々の希望です。人類の願いです。追わなければ叶いません。想像してください、誰も自分を脅かす事のない平和な世の中を、心豊かな発展した世界を。その未来を、共に築いていきませんか」
某国首脳「………」
社長「もっとあなたと話がしたい。一緒にスポーツ観戦でもしながら、その後にゴルフでもいかがですか。隣人として、友人として、我が国にあなたを招待したい」

疑心暗鬼

Mはもう何も考えたくなかった。考える事がめんどくさい、この兆候にトラウマが蘇る。しかし、考える以外に何もない。ここに、興味は存在するのか。目的はちゃんと観えているのか。シッカリとそこへ向かっているのか。その為に必要な事は何なのか。シッカリとそれができているのか。そこに、自分の意志は存在するのか。それは本当に自分が望んでいる事であり、それが自分の真実の希望なのか。自分は、自由意志で動いているのか。全てにおいて、疑心暗鬼に陥っていた。自由である事、それが何よりも重要だった。俺のプライバシーは侵害されている。本当にそうなのか？　パソコンはハッキングされている。携帯の中身も筒抜けだ。部屋は盗聴されているし、盗撮すらされているかも知れない。営業車にも、いや、あらゆる所に何かが仕掛けられている。行動も監視されている。誰かに尾行されている。本当か？　本当にそんな事が有り得るのか？　そんな考えがぐるぐる回って落ち着かない。商談中も、テレアポをしている時も、お客さんと原稿の打ち合わせをしている時も、その内容を制作課の人間に伝える時も、でき上がった原稿をお客さんの元へ運ぶ時も、奴らの目が気になり、集中力を欠いた。契約なんて、もはや取れる気がしない。焦りがMの心を満たす。いつ、どこで間違えたのだろう。運命なんて信じないけど、きっと避けられない事だった。初めからうまくいくはずなどなかったのだ。もし、この会社に入る前から、こんなクソ行為が行われていたとするなら。絶望感が胸に押し寄せる。

その日、Mは爆弾を作る為に必要だと思われる部品を買い集めた。何が必要なのかは分からない。ただ、必要だと思われる部品を買い漁った。大量の花火、コイル、電気導火線、雷コード、タクトスイッチ、ヤスリ、はんだこて、小箱。そして部屋のゴミ箱へと突っ込んだ。爆弾を作る気なんて毛頭なかった。爆弾などに興味はない。ただ、そうする事で、奴らにプレッシャーを与えたかった。自分はテロを起こすつもりなのだと、ハッタリをかましたかったのだ。俺は本気なのだと、自分でも、どこまで本気なのか分からないまま、その行為に意味があるのかすら判断が付かないまま、Ｍは動いていた。

Ｍの書き込み二十五

約束の三日目だ。誰も姿を現さない。俺は歩み寄ったつもりだがな。お前らが拒否ったんだ。後悔させてやる。根こそぎ潰してやるからそのつもりでいろ。俺が世界平和を謳うのは誰の為でもない。自分の為だ。自分が自由である為にやっている。誰からも支配されず、誰からも強制されず、誰からも干渉されず、やりたい事を思う存分やる為だ。それが誰かの役に立つというのなら光栄だがな。その為に多少の犠牲になる覚悟はできていた。こんな俺を採用してくれた社長の為、お世話になっている会社の為、平和を願う人々の為に。だがお前らの犠牲になるつもりは毛頭ない。お前らの目的なんぞに付き合う筋合いはない。お前らの支配なんぞ、クソ喰らえだ。俺は全人類の幸福の為に戦う事を決めた。それが自分の幸福に繋がる事、自分の未来を守る事、自分の未来を築く事に繋がると知っているからだ。だがそれは、お前らの為では断じてない。そこには何の矛盾もない。お前らのビジョンは何だ？

どんなシナリオを描いている？　俺にはさっぱり分からない。お前らのビジョンに未来はない。お前らのビジョンに将来性はない。お前らはクソだ。その目的も、手段も、何もかも。交渉の余地はない。今すぐこのクソ行為をやめろ。さもなければ俺はテロを決行する。お前らの取るべき道はただ一つ、このクソ行為を今すぐやめ、そして二度としない事だ。嫌なら殺す。必ずお前らの息の根を止めてやる。これ以上続けるというのなら、この俺の、全身全霊をかけてお前らを潰しにかかる。ガンガン追い込んでやるからそのつもりでいろ。キッチリ覚悟を決めておけ。目には目を、歯には歯を。肉体的、精神的、社会的、経済的、潰せるものから、ぶっ潰してやる！

善意の中で

その日、Mは頭を巡らせた。自分はテロを決行する。だが、その相手が見つからない。拳銃もない、爆弾もない。いや、たとえ拳銃や爆弾を持っていたとしても、それらを使う事はないだろう。興味もなけりゃ、必要性も感じない。もし、自分のプライバシーを侵害し、人生の邪魔をしている相手が国であれば、当然国を相手にする事となる。しかし、その場合の国とは、誰だ。少なくとも国民ではないはずだ。トップが指示を出しているなら、トップを直接狙う。

もし大臣なら大臣だ。可能かどうかは別として、それが筋ってものだ、とMは思う。関係のない人間を巻き込むのは本意ではない。自分に危害を加える人間を恨みはしても、関係のない人間を恨んだりはできない。みんな懸命に生きている。自分だってそうだ。幸か、不幸かは別として、誰しも懸命に生きているのだ。その人生を踏み躙る事など自分にはできない。テロは大抵相手を選ばない。無差別に行われる。なぜ、何の罪もない人間を巻き込むのか。それで本当に何かが変わるのか。テロを起こした本人やその仲間たちは、それで幸福になれるのか。いや、そんな事はない、とMは思う。誰も幸福になれない蛮行に、大義名分もクソもない。ただの腹いせ、八つ当たりだ。そう思った。自分は違う、とMは思う。自分にも、大義名分などはない。それでも、敵を討たなければ自分に幸福は訪れない。だからそいつらを狙う。そいつらさえいなければ、自分にも幸福は訪れるかも知れない。そいつらがいる限り、自分に幸福は訪れない。だからそいつらを狙う。いや、それも奇麗事だ。そんな事をしてみたところで、幸福になんかなれるわけがない。どんな理由があれ、やってる事は犯罪であり、殺人だ。失うものはデカい。社会的には死んだも同然。それは経済的な死をも意味する。精神的なダメージは計り知れない。それでも生きていきたけりゃ、その先の人生は奪う側に回るしかない。そんなもん、全てが終わったも同然だ。やりたい事など何もできない。だとしても、俺はそいつらを狙う。幸福うんぬんは関係ない。そんな連中のエゴと思い上がりで、自分の人生が犠牲になるってのが我慢ならない。クソ気に入らねぇし、クソ気に喰わねぇ。はらわた煮えくり返って仕方がねぇ。反吐しか出ねぇし、虫唾しか走らねぇ。だからそいつらを殺す。息の根を止める。それだけの話だ。絶対に殺す。それさえできりゃこんな命、今更いるか！　だが、俺にとって何の罪もない、自分の不幸とは何の関係もない人間を狙う気など更々なかった。無差別テロなど論外だ。そう思った。なぜ、自分はそんなテロリストたちとは違うのか。なぜ、自分はそんなテロリストになり切れないのか。Mは考える。それは、俺が生まれついてのテロリストではなかった事、つまり、テロリストとしての教育は受けてこなかった事が一つ、そしてもう一つはきっと、俺が愛情を注がれて生きてきた人間だからだ、とMは思った。親なりの、精一杯の愛情を。俺は弾かれて生きてきた。虐げられて生きてきた。見下されて生きてきた。否定されて生きてきた。無視されて生きてきた。干渉されて生きてきた。束縛されて生きてきた。支配されて生きてきた。自分の考えを、自分の望みを、自分の意見や、その主張を、感情を、行動を、人格を、尊厳を、自由意志を。それは歪んでいるようにMには思えた。その愛はエゴであるとMには感じられた。甘えであると感じられた、依存であると感じられた。それが嫌でたまらなかった。その愛に追い込まれ、必死にもがきながらも、取り巻く全てに希望を失い、興味を失い、目的を失い、自信を失い、自分を失い、泥沼にハマるかのようにして俺は精神を病んだ。Mはそう自分を分析する。そのまま社会に出た。全てが同じに観えた。同じように感じられた。エゴ・甘え・依存、そこから生まれる、無責任。後はもう、訳が分からなかった。人として、完全に何かがぶっ飛んだ。タガが外れた。全てが狂った。完璧にイカれた。どこかへトンだ。何かが消えた。急激に膨れ上がり、急速に堕ちる。ぶち壊れて、ひしゃげて、ぶっ潰れて、消え失せた。もう、終わった後だ……。言葉では言い表しようもない、そんな感覚に囚われながら、恐怖の中で時を過ごした。誰か俺を殺しに来い！　夜の繁華街を練り歩いたりした。生活の中に、現実味など欠片もなかった。世の中には違和感しかなかったが、感じるところは何もない。そのくせ得体の知れない恐怖と孤独、絶望だけが心を満たした。そこはもう、地獄だった。頭なんか、何を考えてるのかすら分からない。勝手に色々考えているような気もするが、そこに自分の意志など感じられない。もう自分では、何を考えればいいのかすら分からない。体は動いているが、どうやって動いているのか。生き伸びようとする人間の本能か、それとも、剝き出しのエゴみたいなものか。魂のない人間の動力なんて、たぶん、そんなものだ。今思えば、そんなに不思議な事でもない。希望もない、興味もない、目的もない、自信もない、自分もない、そんな抜け殻のような人間の中に、意志など存在するわけがない。在るのは、恐怖、孤独、絶望。それでも死ななかったのは、それに対する怒りとか、殺意とか、憎悪とか、敢えて言葉にするならば、そんなドロドロとしたエネルギーの塊みたいなものだけが、どこかに内在していたからだ。それらは全てエネルギーだ。善いも悪いもない。それがなけりゃ死んでいた。当然だ。そんな人間が、生きられるはずもない。命なんか在ったところで、屍同然。いっそ命なんか絶った方が、楽になれる。苦しみから逃れられる。そんな自分が、なぜまた意志を持ち、動き始める事ができたのか。必死に頭を巡らせ、何かを考えながら、行動を起こす事ができたのか。恐らくだが、自分が観ているその光景、リアリティの欠片もない、違和感だらけの現実と、そんな地獄の中で生活している自分の心の状態、その関係性に興味が湧いたからだ。外界と自分に対する、純粋な興味と欲望。なぜ？　どうして？　全ては疑問から始まる。何？　これ。どういう事？　どうなってるの？　好奇心はそこから生まれる。そいつがあれば、人は自分で考える。その答えが知りたいからだ。純粋な欲望はこうして生まれる。そして勝手に動き出す。そいつを追求する為に。考えて、動いてみる。その結果、そいつが自分の望むものであるならば、純粋な欲望は夢へと変わる。そいつを手にする為に、人は更に考えて、動く。そして出会う。何？　それ。凄ぇ。カッコええ。自分もやってみたい。自分もそうなりたい。そんな憧れが、夢を後押しする。加速させる。考えて、動く。考えながら、動く。動きながら考えて、判断し、決断を下して、実行する。自分の考え得る全ての事を実践し始める。何度でも、失敗しても、結果に結び付かなくても、それで傷付く事があったとしても、打ちのめされる事になったとしても、その興味が尽きるまで、自分の中で、その可能性が消えるまで、人はそれを繰り返す。そんな事を繰り返す事で少しずつ、俺は人間らしさを取り戻し、徐々に機能し始めた。全てが再生し始めた。脳も、体も、意識も、心も。現状は恐らく、そんなところだ。善意が人を追い込む事もあるのだと、Mは経験から学んでいた。それでも、そこには間違いなく、愛があったのだと、自分は愛情を注がれて生きてきたのだと、Mは認める。その愛に嘘偽りはなかった。今なら、確信できる。自分が望んだ愛ではなかったにせよ、その愛は、確かに俺の為を思ってそこに存在したのだ。それが俺の為であると、彼らは信じていた。それが俺の幸福の為であると。ただ、知らなかっただけだ。分からなかっただけだ。それを与える為の、手段、方法、言葉。自分にだって、そんな事はいくらでもある。この先、どんなに経験を積んでみたところで、それによってどれだけ成長できたとしても、そんなものは一生なくならないと思う。そんな事を、今更責める気持ちなどはなかった。俺は善意の中で生きてきた。だから俺は人の優しさが好きだ。優しい人間になりたいと願う。他人の幸福を願うような、そんな人間になりたいと願う。そして何よりも、それを守ってあげられるような強い人間になりたい、そう願って生きてきた。なのに、一つもうまくいかなかった。何も手にできなかった。強さだの、優しさだの、そんなものがあるのなら、俺にも分けて欲しいと願った。自分にも与えて欲しいと願った。しかし、どんなに強く願っても、どんなに強く求めても、そんなもの、どこにもない。あるのかも知れないけど、それが一体何の役に立つというのか。何一つ、守れない。使い方すら分からない。誰も分かってなんかいないんじゃないか。だから、それを教える事も、与える事もできないんだ。人間なんて、無力だ。そう感じずにはいられなかった。うまくいっていたんだ。人生が変わり始めていた。人生が開きかけていた。俺は変わった。少しずつ、変わり始めていた。周りのみんなも、少しずつ変化を見せた。それは、成長という名の変化だ。それを観せたかった。それを知って欲しかった。こんな人間でも、成長できるという事を。どんな人間にも、可能性があるという事を。誰もが成長するその様を、その過程を、楽しみたかった。でも、このストーキング行為が、俺の全ての邪魔をする。俺の全てを破壊する。煩わしくて仕方がない。誰が、何の目的で行っているのかは分からない。そこにはひょっとしたら、そいつらなりの大義名分があるのかも知れない。それでも、自分がこんな事をされなければならない謂われはない。ぶち殺してやりてぇよ、Mは呟く。しかし、誰を？　どうやって？　相手も分からない、その術すら見つからない。そんな自分の無力さ、非力さを痛感し、ちっぽけな自分を意識しながら、こんな時、仲間が欲しいとMは思った。全てを共有し、共に成長し合えるような、共に戦い、信頼し合えるような。俺の弱点は、仲間がいない事、いつも一人でいる事だ。Mはそう考える。どんなに優秀な人間だって、海千山千の賢者だって、百戦錬磨の戦士だって、人が一人でできる事なんて、タカが知れている。俺が一人でできる事なんて、こんなパソコンを使いながら、ギャーギャー喚き散らすくらいが関の山だ。俺は認められつつある。会社のみんなに、周囲の人々に、俺は少しずつ認められつつある。でも、仲間と呼ぶには程遠い。そこまでの信頼関係は築けていない。なぜか。それは俺が人に対して心を開けない人間だからだ。自分を打ち明ける事のできない人間だからだ。Mは人間関係を構築する事が苦手だ。もし、会社のみんなに心を開けていたら、少しでも人間関係を築けていたら、もっと違う筋道を辿る事ができたかも知れない。もっとうまく事を運ぶ事ができたかも知れない。みんなだって、もっと心を開いたかも知れない。こんな時、本当ならば、人に助けを求めればいいのかも知れない。誰かに相談し、人を頼ればいいのかも知れない。でも、誰に？　どうやって？　何を、どう話せばいい。この気持ち、この感情、この感覚を、どう表現すればいい。この状況を、この感覚を、自分でさえ理解できずにいるこんな現実を、誰に、何て説明したらいい。どんな言葉を使って話をすれば、分かってもらえるのか。理解が得られるのか。そんな事すら分からない。結局、俺は誰にも心を開けない。誰とも関係を築けない。共存する、その方法が、分からない。それが、俺の弱点。これが、現実。これが、結果だ。誰に何を言われようが、どう思われようが、これが、俺が今まで生きてきた人生の中で、経験してきた事の中から、自分に対して思う事であり、世の中に対して感じる事であり、考えてきた事であり、理解してきた事であり、想像してきた事であり、観えていた景色であり、そしてそこから考えられる事の全てであり、理解できる事の全てであり、想像できる事の全てであり、観る事のできる世界の全てであり、形であり、そこから導き出した、自分なりの答えの一つであり、現時点で、俺の人生に関わってきた全ての人間たちと、その全ての人間たちが関わるこの社会とが、生み出して、育て上げてきた、俺という人間の姿であり、そんな社会や人間たちが、故意にせよ、無意識にせよ、どんなつもりであったにせよ、俺に与えてきたものと、それによって俺の中に育まれてきたものの、全てだ。それを使って、何をする？　俺に、何ができる？　これが、現実。これが、結果。そしてこれが現時点での、最終結論だ。人は独りでは生きられない。今の俺が、正にそれだ。限界だ。独りで生きる事の、正に限界だ。限界だ……。そんな事を思いながら、Mはノートパソコンの電源を入れる。

Mの書き込み二十六

状況は刻一刻と変化している。俺の気持ちも、感情も、変化を見せた。その変化に沿った対応を、お前らには望んだのだが。猶予は与えた。チャンスも与えた。そして、それに対するお前らの答えがこれだ。何の工夫も変化もない、平行線を辿るのみ。ただただひたすらしつこいクソ行為の連続だ。もはや交渉の余地はない。猶予は過ぎた。こちらの覚悟は決まった。お前らの行為を鑑みて、俺はお前らを完全に敵とみなす。只今より、テロに移行する。お前らの積み上げたもの、その全てを破壊する。只今より、テロを決行する。

独り善がり

Mは家を出た。テロを決行する為だ。と言っても、誰を相手に、何をすればいいのかが分からなかった。肩にはスポーツバッグ。ガラクタを適当に詰め込んでおいた。見る人が見れば爆弾が入っていると思うかも知れない。書き込みを見て、慌てた奴らが誘き出されればいい。もし、そいつらが目の前に現れたら、Mは容赦なくそいつらをぶちのめす準備はできていた。殴り殺してやる、そう思った。しかし、奴らは誘き出されるだろうか。テロを喰い止めようと思うほど、奴らに正義感などあるだろうか。責任感などあるのだろうか。自分は安全な場所から、高みの見物と決め込むつもりではないのか。テロが起きれば一大事だ。それも自分が原因でテロが起こるとなれば、普通の人間なら慌てるはずだ。でも、奴らは普通じゃない。そもそも普通の人間はこんな真似はしない。イカれていやがるからこそ、人にこんな真似ができるのだ。やられた人間の気持ちなど考えない。テロが起きても自分は無関係を装うかも知れない。被害者の気持ちなど、きっと考えないに違いない。そんな事を考えながら歩いていると、一台の車がMの後方から横をすり抜けて停車する。ワゴンだ。Mはそのワゴンに目を向ける。知らない病院の名前が書かれている。すると、ワゴンから数人の男たちが降りてきた。やけにゴツイ連中だな、とMは思った。そして数人の男たちがMを囲い込むようにして立つ。Mは正面に立つ白衣を着た男に視線を向ける。

「Mさんですね？」白衣の男が口を開く。

「誰です？」Mは訊ね返す。

「私は医者です。精神科の」白衣の男が答える。

Mは嫌な予感がした。そのまま黙っていると、白衣の男が続ける。

「Mさんを病院に連れて行くように頼まれまして、お迎えにあがりました」

「頼まれた？」

「ええ」

「誰に」

しかし、白衣の男はその質問には答えない。Mは心当たりに目を向ける。

「俺の、母親か？　それとも……」

白衣の男はその質問を無視して言葉を繋ぐ。

「車に乗って下さい。病院までお送りします」

「断る。俺が病院へ行かなければならない理由はない」

白衣の男はジッとMの目を見つめて言葉を繋ぐ。

「あなたは今、非常に危険な状態にあります。自覚は、お有りですよね」

「危険な状態？　何だそりゃ」

「あなたには、あらぬ妄想に取り憑かれている事による精神異常の疑いがあります。それも、かなり重度の」

「妄想に取り憑かれている？　なぜ、そんな事があんたに分かる？」

白衣の男はその質問にも答えなかった。

「怪しいな、あんた。何かが、おかしい」Mは拳を握りしめ、鋭い視線を周囲に走らせる。白衣の男の顔が一瞬強張るのが見えた。

「おかしい人間は、みんな決まってそう言います。周りが、おかしいのだと。病院へ行ってもらいます。もし、あなたが抵抗するようなら、力ずくで運びます」

「何で、そこまでして俺を病院に運ぶ必要がある？」

白衣の男はその質問にも答えない。

「取り敢えず病院へ。それから話をしましょう」

「断ると言ったはずだが」

白衣の男が周りの男たちに目配せをする。男たちが頷き合うのが見えた。Mは身構えた。

「抵抗しても無駄ですよ。彼らはそれぞれ格闘技をやっています」

「脅しときたか。あんた、本当に医者なんだろうな」Mは一歩、白衣の男に近づく。次の瞬間、Mの左側に立っていた男がMの身体にタックルしようと突進する。とっさに飛び退き、そのタックルを躱しながら男の顔面にパンチを繰り出そうとするMの右手を、Mの後ろにいた男が掴む。Mはバッグを離し、後ろの男に左腕で肘打ちを喰らわすが、浅い。効いた様子もなく、そのまま後ろから羽交い締めにされる。Mの正面に別の男が立つ。瞬時にその男の金的を蹴り上げるM。

「うごっ」男が呻いて前屈みになる。しかし次の瞬間、Mは後ろの男に投げ飛ばされていた。クソッ、Mは呟くがその後はもう訳が分からなかった。複数の男に飛びかかられ、取り押さえられ、何かの器具で両腕を背中の後ろに固定され、ワゴンの中へと押し込まれる。

「ふざけんなっ。誰だ、お前ら！」Mは叫ぶがワゴンのドアは閉められ、車は走り出す。口を塞ごうとした男の手に噛み付く事くらいしかMにできる事はなかった。ワゴンに押し込まれた後も男たちは手を緩めない。力任せにMを押さえ付けた。クソッ、クソッ、クソッ、クソッ、ふざけやがって、ふざけやがって、ふざけやがって、ふざけやがって、顔を真っ赤にして抵抗を試みるM。しかし、身体は動かない。押さえ付けられてビクともしない。敗北感が胸に広がる。悔しさが胸に込み上げる。うまくいってたんだ。何もかも、いい方向へ向かってたんだ。一体俺が何をした。俺が一体何をしたって言うんだ！　しかし、次の瞬間、全ての自信が揺らぐ。俺が、一体何をしたというのか。俺が一体、何をした？　本当にうまくいっていたのか？いい方向へ向かっていたのは、本当に俺の力だったのか？　この瞬間も、今までの事も、何一つリアルに感じられない。何一つ、現実味が湧かなくなっていた。なぜ、こんな事になっているのか。本当は、俺は何もできなかったのではないか。俺のしてきた事は、全て無意味な事だったのではないか。いい方向へ向かっていたのは、ただの成り行き、俺がそう仕向けたというのは、全て錯覚、俺の勘違いだったのではないか。俺はただそこに存在していただけで、その存在価値は、無に等しいものだったのではないか。俺はただただ病んでいただけで……、全ては、無意味。俺の、独り善がり……。絶望感が胸に広がる。言いようのない孤独感がMを襲う。ちくしょう。ちくしょう。ちくしょう。ちくしょう。涙が込み上げる。それを阻止するかのように叫び声をあげるM。「殺すぞ！　お前ら！」その声が虚しく響く。

近未来三

ゴルフ場。快晴の青空の下、社長と某国首脳がコースを回っている。某国首脳の腕前はかなりのものだと、招待されたプロゴルファーが絶賛する。俺も褒めろよ、俺はそうでもないか、と社長が冗談を口にする。みんなが笑い、プロゴルファーの言葉に気分を良くしたのか、某国首脳にも笑みがこぼれる。終始穏やかな雰囲気でゲームは進んでいく。第六コース、パースリー、某国首脳の放った一打目が、ピンそば三十センチ辺りのところに止まる。ホールインワンかと思われた打球が上がり、ピンに伸びて転がっていく時、周りにいる誰もが驚嘆の声を上げ、惜しくもカップに入らなかった時は誰もが惜しみの声を発し、そして誰もが某国首脳のナイスショットを拍手と喝采で讃えた。某国首脳は悔しさを表現したが、皆の称賛の声に手を挙げて応えた。

二打目を打つため、ティーグラウンドを後にする際、某国首脳の隣に歩み寄り、「実に惜しかったですね」と社長が声を掛ける。

「あとこのくらいだったのですが」と某国首脳がボールからピンまでの距離を両手で表現し、悔しそうな表情を作る。

「それだけの腕前ですと、本当にゴルフが好きで、たくさん練習したのでしょうね」

「ゴルフは好きですが、今日はたまたま調子がいいだけです」

「ご謙遜を。でも今日は天候にも恵まれて、あなたとこうしてコースを回れて、最高の気分です。あなたにも楽しんでいただけたら幸いです」

「今日はご招待いただきありがとう。私の気分も、晴れやかです」

「それは良かった」太陽の光に目を細め、並んで歩く両国首脳。社長が伸びをするように両手を上げ、深呼吸をする。それにつられたように某国首脳も大きく息を吸い込む。のどかな昼下がり。

「この世界中の誰もが、今の我々のように穏やかな気持ちで仕事に取り組み、話し合い、心を通わせながら、自分の為、そして誰かの為に、それぞれのやりたい事、やるべき事を一生懸命になって、存分に楽しみながら、希望を胸に抱きつつ、充実した日々を過ごしていけたなら、こんなに素晴らしい事はないと思いませんか」微笑を絶やさぬまま某国首脳の横顔に目を向け、言葉を投げかける社長。社長の顔に目をやり、数秒目を合わせたのち、青空を見上げ、日の降り注ぐ緑のフィールドに目を落とし、某国首脳が静かに答える。

「そうかも、知れません」

そしてゆっくりと前を向き、

「あなたの……、言う通りかも知れない」

最後に真剣な表情で社長の目を見つめながら、述べる。

「私も色々、考えました。いや、考えさせられた。色々な事を、毎日のように……。あなたの語る、その言葉の意味と、それにまつわるあらゆる事象、事柄、物事について」

二人はお互いの目を見据えるようにして向かい合いながら歩みを止める。そして某国首脳がゆっくりと口を開く。

「時間は、かかるかも知れない。今すぐには、無理かも知れない。それでも、我々は変わらなければならないと思います」静かな口調の某国首脳。「誰もが、変わる必要があるのかも知れません。共に、より良き未来を築く為に」某国首脳の表情に、真剣さが増す。

「それを、成長と言うそうですよ」

社長が言葉を引き継ぐ。

「誰もが成長してゆくその先にこそ、我々が望んでいるような、真の豊かさなんてものが見えてくるのかも知れません」

俯くように視線をさ迷わせながら、何かを熟考する素振りを見せる某国首脳。社長が続ける。

「我々もまた、未熟です。できない事、分からない事がいくらでもある。これからも、失敗を繰り返すでしょう。過ちだって繰り返すかも知れない。でも、だからこそ、我々のような立場に置かれている人間の方こそが、まず、自分の果たすべき役割をシッカリと理解した上で、できる事の限りを尽くしていく事で、この世に生きる全ての人々に対して、その指針を示せるように、関わる全ての人たちと一緒になって、義務と責任を果たせるよう、共に、成長していかなければならないのかも知れません」

某国首脳は、顔を上げて社長の目を覗き込む。その視線を受け止め、目を逸らさぬまま社長は続ける。

「それによって、どんな未来が訪れるのか。これは、私の興味です。好奇心です。冒険心でもあります。私は、見てみたい。その先に訪れる、未来を。私は、観たいんです。その先の、もっともっと先の未来の景色を、想像して、楽しみたいんです」

しばし沈黙が訪れる。

そして、更に言葉を投げかける社長。

「その為には、あなたの協力が必要なのです。この世に生きる、全ての人々の協力が、必要なのです」

そしてまた沈黙。

某国首脳は視線を少しだけ外すと、僅かに笑みを湛えながら、口を開く。

「なるほど……。よおく、分かりました。あなたという、人間が。そしてあなたという人間の語る、その言葉の真意と、あなたという人間の思い描く、その先の、未来が」

そして、ゆっくりと右手を差し出しながら、宣う。

「あなたに、賛同します。こんなに胸がワクワクしたのは、久し振りだ」

ゲッチュー。社長はその右手をシッカリと両手で握り締め、大きく息を吸い込みながら、心の中で会心のガッツポーズを決めた。

M・エンディングの詩

「パーフェクトワールド」

荒んだ心を固く閉ざして腐りゆくその先に
地獄の惨劇と成り果てるための起爆剤

あまりにも孤独な人間は　いつか何かが狂ってしまう
その苦しみが地獄なら　この世は地獄に満ちている

誰かが涙を呑むなんて　そんなシステムはあってはならない
誰かがバカをみるなんて　そんなシステムはクソだ

理不尽さにイラ立ち　無力さに苛まれ
自信を失い　自分を失くす

もし君が誰からも理解されないとしたら
それは君が唯一の存在だから
もう諦めて　絶対に諦めないと誓う事だ

屈辱にまみれ　狂気に晒され
不安に慄き　孤独に耐える

どんな経験もポテンシャルに変わる
フェアに行こう　誰もが恐怖を感じる瞬間

それでも一歩　前に進めた奴の勝ちだ
人の数だけ可能性

そこに秘められた
不可能を可能にする力　絶望を希望に変える力
それに付随する
闇を照らし出す光　心の扉の開く音

君だからできる事ってあるんだよ
命の数だけあるんだよ　真実は

その想い　いつか誰かに届く世界
パーフェクトワールド
そのシステムの中で僕らは完全に機能する

無垢な頃　誰もが一度は描く夢
パーフェクトワールド

そのシステムの中で僕らは完全に機能する
叶わずも　永久(とわ)に受け継がれる願い
パーフェクトワールド
そのシステムの中で僕らは完全に機能する

完

何時も何かが違う　「LOVE WAY」by 尾崎豊

この物語はフィクションであり、実在する人物、団体、組織、国、世界とは、一切関係ありません。

My little terror
(マイ　リトル　テロル)

https://my-little-terror.info/index.html

精神分裂者の逆襲
二〇二四年一〇月二五日　第一刷発行

著者　My little terror
発行者　堺　公江
発行所　株式会社講談社エディトリアル
郵便番号　一一二-〇〇一三
東京都文京区音羽　一-一七-一八　護国寺SIAビル六階
電話　代表：〇三-五三一九-二一七一
販売：〇三-六九〇二-一〇二二
印刷・製本　株式会社新藤慶昌堂

定価はカバーに表示してあります。
落丁本・乱丁本はご購入書店名を明記のうえ、
講談社エディトリアル宛てにお送りください。
送料小社負担にてお取り替えいたします。

ISBN978-4-86677-144-1

KODANSHA EDITORIAL